요해단충록 5

遼海丹忠錄 卷五

《型世言》의 저자 陸人龍이 지은 時事小說, 청나라의 禁書

요해단충록 5

遼海丹忠錄 卷五

육인룡 원저 · 신해진 역주

보고사
BOGOSA

머리말

   이 책은 《형세언(型世言)》의 저자로 알려진 육인룡(陸人龍)이 지은 시사소설(時事小說) 〈요해단충록(遼海丹忠錄)〉을 처음으로 역주한 것이다. 청(淸)나라 건륭제(乾隆帝) 때 나온 〈금서총목(禁書總目)〉에 오른 작품으로서 8권 40회 백화소설이다. 중국과 한국에는 전하지 않고 일본 내각문고에 전하는 것을 1989년 중국 묘장(苗壯) 교수가 발굴하여 교점본을 발간함으로써 학계에 알려졌는바, 그가 소개한 글의 일부를 인용한다.

>   〈요해단충록〉은 정식 명칭으로 〈신전출상통속연의요해단충록(新鐫出像通俗演義遼海丹忠錄)〉이고 8권 40회이다. 표제에는 '평원 고분생 희필(平原孤憤生戲筆)'과 '철애 열장인 우평(鐵崖熱腸人偶評)'이라고 기록되어 있다. 첫머리에 있는 서문에는 '숭정 연간의 단오절에 취오각 주인이 쓰다.'라고 쓰여 있다. 오늘날까지 명나라 숭정 연간의 취오각 간본은 남아있다. 이 책의 작자인 고분생에 관하여 '열장인'과 관련된 동일인임이 명확한데, 곧 육운룡(陸雲龍)의 동생이다. 청나라 건륭 연간에 귀안 요씨가 간행한 《금서총목(禁書總目)》에 〈요해단충록〉이 수록되어 있는데, 육운룡의 작품이라고 덧붙여 놓았다. 운룡은 취오각의 주인으로 자는 우후(雨侯)이고 명나라 말기의 절강성 전당 사람인데, 일찍이 〈위충현소설척간서(魏忠賢小說斥奸書)〉라는 소설을 지었다. 그렇지만 그 책의 서문에 '이는 내 동생의 〈단충록〉에서 말미암은 기록이다.'고 분명하게 말한 것은 작자가 운룡이 아니고 그의 동생임을 나타내지만, 이름은 자세히 밝히지 않았다. 그가 지은 소설 작품들을 통해 보건대, 그의 동생은 나라의 정치에 관심이 있어서 때때로 '자기

혼자서 세상에 대해 분개하는 '뜨거운 가슴을 지닌 사람'이라 하겠다. 책에
는 간행한 년월 날짜가 없지만, 서문 말미에 기록된 '숭정 연간 단오절'은
혹시 경오(숭정 3년, 1630)의 잘못일 수도 있고, 아니면 경오년 단오일 수도
있다. 책의 서사가 원숭환이 체포되는 것에서 그쳤는데 그 사건은 3년 3월에
있었던 것이나, 원숭환이 그해 8월에 피살된 것은 언급하지 않고 있으므로
숭정 15년의 임오(1642)일 리가 없기 때문이다.(描壯, 「前言」,《遼海丹忠錄》
上, 『古本小說集成』 72, 上海古籍出版社, 1990, 1면.)

위의 글은 〈요해단충록〉의 서지상태를 비롯해 작자 및 창작연대를
알려주고 있다. 곧 육인룡이 1630년에 지은 것이라 한다.

이 소설은 1589년부터 1630년 봄에 이르기까지 후금(後金)의 흥기
(興起)를 다루면서 사르후 전투, 광녕(廣寧)의 함락, 영원(寧遠)과 금주
(錦州)의 전투 등 중대한 전쟁을 서술하여 당시 요동의 명나라 군인과
백성들이 피투성이 된 채로 후금군과 분전하는 장면을 재현했을 뿐만
아니라 명나라 말기 군정(軍政)의 부패, 명청 교체기의 변화무쌍한 세
태를 반영하였다. 무엇보다도 가장 중요하게 다룬 것은 모문룡(毛文龍)
의 일생이다. 모문룡은 나라가 위태로운 난리를 당했을 때 황명을 받
들고 후금에게 함락되어 잃은 땅을 수복하고자 하였다. 해상을 경영
하여 후금의 군대를 공격해 견제할 수 있는 중요한 무력의 발판을 마
련했지만, 나중에 원숭환(袁崇煥)에게 유인되어 피살되었다. 이러한
모문룡의 공과에 대해서 명나라 말기부터 시비가 일어 결말이 나지
않고 분분하였는데, 그의 오명을 벗기기 위해 이 소설이 지어졌다고
한다.

한편, 양승민은 그 실상이 알려지지 않은 이 소설을 소개하고자 쓴
글(「〈요해단충록〉을 통해 본 명청교체기의 중국과 조선」, 『고전과 해석』 2, 고
전문학한문학연구학회, 2007)에서 모문룡의 조선 피도(皮島: 椵島) 주둔

당시 정황, 모문룡과 후금의 대결 국면, 조선과 후금의 관계, 모문룡 및 명나라 조정과 조선의 관계, 인조반정으로 대표되는 조선국 정세, 정묘호란 당시의 정황 등이 대거 서술되어 있어 한국의 연구자들이 논의할 필요가 있는 작품이라고 지적한 바 있다. 물론 이 소설은 기본적으로 주인공 모문룡을 미화하고 영웅화하면서 그의 공적을 찬양하여 억울한 죽음을 변호하고자 하는 작가의식을 보여준 것으로, 영웅을 죽인 부패한 명나라 조정을 비판하면서도 강한 반청의식을 드러낸 작품이라는 전제하에 지적한 것이다.

그렇지만 〈요해단충록〉은 8권 40회라는 대작인데다 백화문과 고문이 뒤섞여 있는 등 쉬 접근하기가 어렵다. 후금과 관련된 인명, 지명, 칭호 등이 음차(音借)되어 있어 더욱 그러하다. 그래서인지 몰라도 소개한 지가 10여 년이 지났지만 이 소설에 대하여 아직까지 제대로 된 논문이 나오지 않고 있는 실정이다. 이에 정밀한 주석을 붙이면서 정확한 번역을 한 역주서가 필요한 것임을 절감한다.

이제, 8권 가운데 그 다섯째 권을 상재하는바 나름대로 최선을 다하고자 했지만, 여전히 부족할 터이라 대방가의 질정을 청한다. 다만, 〈요해단충록〉에 대한 정치한 작품론이 치열하게 전개되는 데 이바지하기를 바랄 뿐이다.

끝으로 편집을 맡아 수고해 주신 보고사 가족들의 노고와 따뜻한 마음에 심심한 고마움을 표한다.

2019년 6월 빛고을 용봉골에서
무등산을 바라보며 신해진

차례

遼海丹忠錄　卷五

▍일러두기

이 책은 다음과 같은 요령으로 엮었다.

1. 번역은 직역을 원칙으로 하되, 가급적 원전의 뜻을 해치지 않는 범위 내에서 호흡을 간결하게 하고, 더러는 의역을 통해 자연스럽게 풀고자 했다.

2. 원문은 저본을 충실히 옮기는 것을 위주로 하였으나, 활자로 옮길 수 없는 古體字는 今體字로 바꾸었다.

3. 원문표기는 띄어쓰기를 하고 句讀를 달되, 그 구두에는 쉼표(,), 마침표(.), 느낌표(!), 의문표(?), 홑따옴표(' '), 겹따옴표(" "), 가운데점(·) 등을 사용했다.

4. 주석은 원문에 번호를 붙이고 하단에 각주함을 원칙으로 했다. 독자들이 사전을 찾지 않고도 읽을 수 있도록 비교적 상세한 註를 달았다. 단, 원저자의 주석은 번역문에 '협주'라고 명기하여 구별하도록 하였다.

5. 주석 작업을 하면서 많은 문헌과 자료들을 참고하였으나 지면관계상 일일이 밝히지 않음을 양해바라며, 관계된 기관과 여러분들께 진심으로 감사드린다.

6. 이 책에 사용한 주요 부호는 다음과 같다.
   1) ( ) : 同音同義 한자를 표기함.
   2) [ ] : 異音同義, 出典, 교정 등을 표기함.
   3) " " : 직접적인 대화를 나타냄.
   4) ' ' : 간단한 인용이나 재인용, 강조나 간접화법을 나타냄.
   5) 〈 〉 : 편명, 작품명, 누락 부분의 보충 등을 나타냄.
   6) 「 」 : 시, 제문, 서간, 관문, 논문명 등을 나타냄.
   7) 《 》 : 문집, 작품집 등을 나타냄.
   8) 『 』 : 단행본, 논문집 등을 나타냄.

역문

요해단충록 5

遼海丹忠錄 卷五

제21회

철산에서 여덟 방면으로 군사를 일으키고, 오계관에서 잇달아 싸우며 적을 격파하다.

鐵山八路興師, 烏雞連戰破敵.

이룡의 턱 밑에서 이주를 손에 넣을 수 있고 | 驪頷挹驪珠
호랑이 굴에서 호랑이새끼 얻을 수 있는 법. | 虎穴奪虎子
뛰어난 공은 늘 험한 가운데서 취하는 것이니 | 奇功每向險中取
누란을 베는 것이 어찌 어려운 일이랴. | 馘斬樓蘭豈難事

철기로 승승장구해 동쪽 바닷가에 이르니 | 長驅鐵騎東海頭
펄럭이는 깃발이 맑은 가을에 나부끼네. | 旌旗獵獵翻淸秋
허리에 찬 보검엔 아직도 핏방울이 떨어지고 | 腰間寶劍血猶滴
어두침침 맺힌 뭉게구름 선우의 근심일레라. | 陣雲慘結單于愁

안장 풀고 황룡부에서 실컷 취하도록 마시고 | 解鞍痛飮黃龍府
취하여 오구를 끌어당겨 절로 일어나 춤추네. | 醉挽吳鉤自起舞
공 이루었다고 어찌 만호후 봉해지길 바랐으랴 | 功成何必封萬戶
옷을 떨치고 복사꽃 밭에 돌아와 드러누웠네. | 拂衣歸臥桃花塢

어찌 한신과 팽월의 무리를 본받아서 | 豈效韓彭徒
죽자살자 구차히 썩은 쥐를 연모하랴. | 螢螢戀腐鼠
화정의 학 울음소리를 듣지 못하고서 | 華亭鶴唳不可聞
서글퍼하며 활 감추려니 눈물이 비 오듯 하네. | 惆悵藏弓淚如雨

이상은 《잡흥(雜興)》이다.

옛날 한신(韓信)이 배수(背水)의 진(陣)을 친 것은 사지에 처한 뒤에야 살길을 찾는다는 것으로, 장부도 필사의 마음을 갖지 않는다면 또한 전례 없는 공업을 이룰 수 없는 것이다. 저 일이 생길까 겁내는 것을 가지고 말하자면 이는 험한 일을 행하면서 요행을 바라는 것으로, 대저 명예를 얻으려 하면서 이익까지 취하려 하는 요행을 바라서는 아니 되겠지만, 만약 나라를 위하고 임금에게 충성하려는 위험이라면 달려가도 무방할 것이다. 하물며 위험한 곳에 달려가는 자는 어쨌든 기지와 담력이 있는 사람이니, 그가 상황을 보고 일을 할 때는 이미 마음속으로 생각한 바가 있어 결단코 나랏일을 어지럽게 뒤얽힌 상태로 두지 않아서 자연 공을 이루게 된다. 양호(楊鎬) 경략(經略)이 네 방면에서 일을 그르친 것은 말할 필요도 없거니와 적의 소굴에 바짝 다가가 공격한 계책도 마침내 소식이 끊어졌었는데, 모문룡 장군은 여러 번 싸울 때마다 계속하여 이기니 그는 이미 안중에 누르하치가 없었다. 게다가 병부(兵部)가 강회(江淮)와 절직(浙直)의 남북 각 군영에서 징발한 병사가 8천 명이 있고, 그가 가려 뽑아 훈련시킨 요동 병사 3만 7천명이 있었다. 이 요동 병사는 오랑캐와 서로 비슷하여서 비바람을 두려워하지 않고 배고픔과 추위를 두려워하지 않으니, 바로 어려움을 잘 견디며 전투를 잘하는 한 무리의 사람들이었다. 비록 중국 조정에서 3년 동안 원조했지만 모문룡 장군이 실제로 받은 것에 따르면 은(銀) 11만 냥과 쌀 20만 석에 불과하여 버틸 수 없을 듯 여겨지자, 그는 바로 둔전(屯田)과 통상(通商)으로 가까스로 버티면서 적을 없애는 데에 있는 힘을 다해주기를 기대하였다. 요동(遼東)의 백성들이 스스로 투항하여 귀순해온 자가 많았지만 내부적으로는 일이 잘못될까 두려워하여 그대로 요양(遼陽)과 심양(瀋陽)에 머무른 자도 적지 않았다. 때문에 모문룡 장군 휘하의 많은 친척들도 요양(遼陽)에 낙오되어 있었다. 그래서 모문룡 장군은 요동 사람을 보내 탐문하고 정탐하도록 하면서도 설사 사람들이 숨어서 없을지라도 실정을 알지 못할까 두려워하지 않았다.

9월 말에 누르하치는 우모채(牛毛寨)에 있는 모문룡 장군의 군사들로 인하여 노채(老寨)로 되돌아가 있다가, 10월이 되어 다시 요양(遼陽)에 와서 각각 오랑캐 관리와 반장(叛將)들과 함께 상의해 관문을 공격하기로 하였다. 이영방(李永芳)이 말했다.

"나는 하동(河東)을 얻고 또 하서(河西)의 절반을 얻어서 집안의 재산이 좋아졌다. 만약 고생스럽게 관문을 공격하려고 하면서 만약 일시라도 진격을 멈추지 않는다면, 광녕(廣寧) 일대에 있는 서달자(西韃子)가 와서 저지할 것이며 하동(河東)에 있는 남위(南衛)는 인심이 변덕스러운 데다 노채(老寨)에는 또 모문룡이 와서 엿보고 있으니, 한번 멀리 가서는 곧장 돌아올 수가 없는지라 토끼를 잡으려다 개를 달아나게 해서는 안 될 것이다."

동양성(佟養性)이 말했다.

"나는 병마(兵馬)들을 극히 훈련시켜 도처에서 승리할 수 있었다. 저 산해관(山海關)을 보니 손가락으로 종이를 튕기는 것처럼 쉬울 듯한데 이기지 못할까 겁내다니! 만약 산해관을 지나 경성(京城)을 빼앗는다면, 저 노채(老寨)는 무엇 하겠는가?"

반장(叛將) 가여동(柯汝棟)이 말했다.

"나는 만약 산해관(山海關)의 병력이 많다고 염려한다면, 여전히 희봉구(喜峰口)에는 병력이 적은 곳이 있으니 그대들이 쳐들어갈 수 있을 것이오."

이영방이 말했다.

"짐작컨대 말하는 것은 쉬우나 하는 것은 어려울 것이다. 동양성(佟養性), 내가 오늘 너와 함께 내기를 하되, 네가 산해관(山海關)을 공격하여 빼앗는다면 내가 지는 것이니 내가 나중에 네 부하로 있는 것을 달게 받겠지만, 네가 공격하여 빼앗아 오지 못한다면 내가 이기는 것이니 너는 나의 부하로 있어야 한다."

동양성이 말했다.

"내가 내기에 이길 것인데, 어쨌든 윤10월에 침탈하러 갈 것이다."

누르하치가 아닌 게 아니라 각 왕자들에게 분부하여 이영방과 동양성 두 사람과 함께 군대를 정돈해 서쪽으로 가게 하였다.

이때 모문룡 장군은 천총(千總) 진국충(陳國忠)을 보내어 요양(遼陽)에서 적정을 살피게 했는데, 진국충은 인삼을 거두어들이는 상인으로 가장하여 익히 알고 지내던 서청(徐青)이란 자의 집에 머물었던 것이 이미 이틀이었을 때 이러한 소식을 듣게 되자 황망히 되돌아오고자 했지만, 모문룡 장군이 그가 요양(遼陽)에 간 것도 믿지 않을까 두려워하여 또한 서청(徐青)으로부터 천명통보(天命通寶)라는 오랑캐 돈을 받아서 밤새도록 서둘러 되돌아와 모문룡 장군에게 사유를 갖추어 아뢰었다. 모문룡 장군이 말했다.

"동양성(佟養性) 도적놈이 홧김에 산해관(山海關)으로 갔지만 어쨌든 있는 힘을 다해 공격할 것이다. 산해관에는 다행히도 손 각로(孫閣老: 孫承宗) 경략이 있고 병력 또 많으나, 그런데 희봉구(喜峰口)는 방어하고 지킬 수 있는 사람이 있는지 알 수가 없다. 동양성 도적놈이 산해관에 진입하면 노채(老寨)를 포기할 수 있다고 했지만, 그놈은 지금 산해관에 진입하지 못할 터이라 짐작컨대 노채를 내팽개쳐 버리지 못할 것이니, 내가 장차 실제로 그를 한번 뒤흔들어 교란시켜 놓아야겠다."

바삐 명령을 전하여 각처에서 군대를 파견하도록 하였다. 마음속으로 또 생각했다.

'내가 여태까지 창성(昌城)·만포(滿浦)·양마전(亮馬佃)에 진군해 있었다. 그리하여 그가 이 몇 곳에서 어쨌든 나를 방어할 것이니, 나는

장차 그가 나를 방어하지 않은 곳으로 가야겠다.'

즉시 서둘러 군사들을 나누었다.

> 1방면: 강회 군영(江淮軍營) 참장 허일성(許日省)이 병사들을 거느리고 우
> 가장(于家庄)을 거쳐 진격.
>
> 2방면: 절직 군영(浙直軍營) 참장 진대소(陳大韶)가 병사들을 거느리고 수
> 구성(水口城)을 거쳐 진격.
>
> 3방면: 정동병(征東兵) 유격 진희순(陳希順)이 방산(方山)을 거쳐 진격.
>
> 4방면: 진강(鎭江) 유격 우경화(尤景和)가 진강을 거쳐 진격.
>
> 5방면: 관전(寬奠) 참장 이종혜(易從惠)가 관전을 따라 진격.
>
> 6방면: 애양(靉陽) 유격 곡승은(曲承恩)이 애양를 거쳐 진격.
>
> 7방면: 표하군(標下軍) 유격 왕보(王甫)·도사(都司) 두귀(杜貴)가 봉황성
> (鳳凰城)을 따라 진격.

모두 4일을 약속 기한으로 삼아 오계관(烏雞關)에 도달하기로 하였다. 모문
룡 장군은 직접 중군(中軍) 진계성(陳繼盛)·모승록(毛承祿)을 거느리고 갔다.
전군(全軍)은 창성(昌城)에서 강을 건너 함께 여덟 방면으로 진군하였다.

병사들이 여덟 방면으로 나뉘어 누르하치의 구군(九軍: 대군) 속으로
쳐들어갔다. 잇달아 전투함들이 오니 성난 파도가 하늘 높이 치솟았
고, 떠나는 말들이 달리고 달리니 먼지가 날려 해를 가렸다. 붉은 깃
발이 물들이자 붉은 노을이 저물도록 빛났고, 검은 깃발이 세워지자
검은 안개가 하늘에 끼었다. 칼날이 가을 물에 비끼자 사람마다 질지
(郅支: 흉노)의 머리를 베려 생각하였고, 창날이 아침 이슬처럼 희니 창
마다 연지(閼支: 흉노)의 피로 물들려 하였다. 대략 이러하였다.

병사들 모두 연조처럼 즐거이 무기 담론하고   士皆燕趙欣談劍
장수들 죄다 손오처럼 기쁘게 병법 논의하네.   將盡孫吳喜論兵

또 섬을 지키던 각 장관(將官: 장수)들에게 공문을 보내 모두 출병하여 선성(旋城)·황골도(黃骨島)·귀복보(歸服堡)·홍취보(紅嘴堡)의 연해 일대 지역을 공격해서 적의 세력을 분산토록 하였다. 초2일에 모문룡 장군은 출병하여 초4일에 곧장 오계관(烏雞關) 아래 영채(營寨)에 다다랐다. 각 방면의 장수와 병사들이 모두 도착해 차례로 모문룡 장군을 찾아 인사하였다. 모문룡 장군이 말했다.

"이곳은 지금까지 한 번도 토벌된 적이 없었는지라, 누르하치는 반드시 우리가 지리를 잘 알지 못하기 때문에 복병을 배치할 수 없을 것으로 여길 것이니, 우리는 마땅히 복병을 배치하여 승리해야 한다."

그리고는 불러 말했다.

"왕보(王甫)! 자네는 본부의 인마(人馬)를 이끌고서 산해관 좌측에 매복해 있고, 두귀(杜貴)! 자네는 본부의 인마(人馬)를 이끌고서 산해관 우측에 매복해 있되, 다만 군영에서 대포소리를 들으면 출병하여 협공하게."

두 사람이 명령을 듣고 떠나가자, 다시 선발 선봉대 유격 마응규(馬應奎)를 불러 분부했다.

"오계(烏雞) 두 관문을 갈 때에는 다만 걸어서만 가야지, 말을 타고 가서는 안 되며 함부로 진입해서 안 되네. 자네는 기마병 500명을 이끌고 다만 첫 번째 관문의 목책(木柵)만을 죄다 뜯어내어 버린 뒤 곧 철군하게. 돌아오는 도중에 깃발을 흔들고 함성을 지르며 심하채(深河寨)로 가서 공격하되, 다만 적병이 대규모로 오기를 기다린 뒤에 자네는 바로 철군하게. 물러나서 관문으로 오면 내가 직접 호응하여 싸우겠네."

그리고 마응규 유격을 파견한 뒤로 관문 입구의 빈 병영 하나에 주둔하며 화포(火砲)를 숨기고 적군이 오기를 기다렸다가 쏠 수 있게 하고서, 자신은 병사를 거느리고 또 관문과 10리쯤 떨어진 병영에서 호응하여 싸울 수 있도록 대비하였다.

이때 마응규 유격은 관문을 공격한 뒤 나아가 기마병 500명을 거느리고 곧바로 달려가 심하채(深河寨)에 도달하려는 즈음, 뜻밖에도 한 부대의 보초 달자(步哨韃子)들이 벌집 쑤신 것처럼 소란스럽게 도망하는 것을 보고 3명을 베었다. 이들이 나는 듯이 달려 관문 입구의 큰길가에서 재빨리 보고하니 각 산에서 딱따기소리가 울렸으나, 마응규 유격은 주둔하고 달아나지 않았다. 그러던 어느 날 누르하치의 대군이 오는 것을 보고는 마응규 유격이 고의로 저 기마병 500명을 거느리고 그들의 앞쪽에 있다가 눈 깜짝할 사이에 도망쳤다. 이들 달자(韃子) 오랑캐들은 마응규의 유격병이 적은 것을 보고 만만하게 여겼으니 어찌 포기하랴, 대부대가 급히 뒤쫓아 왔다. 마응규 유격은 또한 빨리 달려서 일찌감치 도망나와 빈 영채(營寨) 안으로 모두 숨어들었다. 누르하치의 병사들은 그가 영채로 들어가는 것을 보고 마침내 병영으로 뛰어 들어갔으나 아무것도 없었다. 마응규 유격은 일찌감치 병영 밖으로 나가서 횃불로 화약심지에 불붙여 놓고 쏜살같이 도망쳤는데, 다만 병영에서 화포소리가 한번 울리는 것이 들리더니 총알이 우박처럼 날아 오르락내리락 하며 누르하치의 병사들을 맞히니 몸을 숨길 곳이 없었다. 황급히 파발마가 떠나려 할 때 관문 좌우에서 화포 소리가 일제히 울리고 화창(火鎗)·화포(火炮)·총알·쇠뇌의 화살 등을 일제히 쏘아대며 퇴로를 끊고 저지하였는데, 관문 앞에서 모문룡 장군이 또한 대군을 이끌고 오자 누르하치의 병사들이 대적할 수 없음을 알고 단지 화창(火鎗)·화포(火炮) 속에서 달아나 탈출하여 목숨을 구하려 하였다. 이쪽에서 장수와 병사들이 일제히 함성을 지르며 추격하였는데, 꼬빡 10리를 추격하면서 여전히 거듭 허다한 화포를 쏘아서 그들을 놀라게 한 뒤 바야흐로 막 병사들을 수습하여 관문 입구에 이르러 다 모였다.

대장의 계책은 귀신인가 의심스럽고	大將謀疑神鬼
삼군의 용맹은 비휴와 유사하였네.	三軍勇類貔貅
승전 소식을 미앙궁에 아뢰고	捷奏未央宮裡
연연산 봉우리의 돌에 새기노라.	石勒燕然山頭

곧 출발해 진(鎮)에 도착하여 주둔하고는 전공(戰功)의 차례를 점검하였는데, 모승록(毛承祿)은 26명을, 우경화(尤景和)는 33명을, 정국운(鄭國雲)은 8명을, 이승혜(易承惠)는 11명을, 진계성(陳繼盛)은 13명을 베고, 시가달(時可達)은 11명을, 왕보(王甫)는 16명을, 허일성(許日省)은 17명을, 육무(陸武)는 5명을, 이유성(李惟盛)은 8명을, 장계선(張繼善)은 3명을 베는 등 모두 278명을 죽였다. 모문룡 장군은 모두 기공관(紀功官)을 시켜 다 적게 한 책문(冊文)을 올리고 제본(題本)에 대한 윤허(允許)를 기다렸으며, 또 발군(撥軍) 야불수(夜不收)를 시켜 진강(鎮江)에서 선성(旋城)·황골도(黃骨島)·귀복보(歸服堡)·홍취보(紅嘴堡)까지 각 섬의 출병 소식을 알아보게 하였다. 때마침 광록도(廣鹿島) 유격이 또한 와서 승리를 보고하였다. 그가 바다 어귀에서 상륙하여 곧장 귀복보(歸服堡)를 취하고 낙타산탑(駱駝山塔)으로 옮겼다가, 변대(邊臺: 감시 초소)를 지키고 있는 달자(韃子) 30여 명을 만나 즉시 뒤쫓아 가서 죽이고 진중에서 머리를 벤 수가 3명이며, 그 나머지는 말머리를 돌려 달아났다는 것이었다. 보고가 이르자, 모문룡 장군은 일체를 그와 함께 논공하였다.

그러나 섬 안에 군량이 부족하여 상으로 충당할 수 없었기 때문에 제본(題本: 上奏文)을 올려 상을 청하면서, 참획한 수급(首級)과 아울러 우모채(牛毛寨)에서 사로잡은 여진족 4명을 독사(督師) 손 각노(孫閣老: 손승종)에게 보내려고 진여명(陳汝明)을 뽑아 보냈는데, 독사도 또한 제본(題本)을 갖추었으니, 대략 이러하였다.

　　모문룡은 칼 한 자루 가지고 시랑(豺狼)의 소굴로 향하다가 거센 바람과 험한 파도 속에 정처 없이 떠돌았지만, 역량이 능히 속국(屬國: 조선)과 결탁할 수 있어 떠났던 사람들을 모아 주둔하면서 싸워 여러 차례 누르하치를 짓이겼습니다. 게다가 그는 신(臣)의 청을 따르고자 하는 뜻을 품고 자신의 잔여 병력을 이끌고 오랑캐의 소굴을 쳤습니다. 세상 사람들은 유순하고 나약하여 그저 바라보기만 하면서도 벌벌 떨어 스스로 지킬 수가 없었는데, 오직 모문룡만은 오랑캐를 사로잡을 수 있다고 여겼으니 진실로 천하 영웅의 의협심을 격렬하게 일으키기에 족하여 홀연히 목 움츠리고 밖으로 나가지 못한 자들로 하여금 부끄러워 죽으려 해도 죽을 곳이 없었습니다. 신(臣)은 그의 상소문을 읽자마자 동쪽을 향해 거듭 보답하고자 곧바로 금저사(金紵絲)를 보내 위로하는 뜻을 보였습니다. 또한 신(臣)이 근래 동쪽에 첩자를 두었는데 그 첩자가 보고하여 자세히 말한 것에 의하면 모문룡도 첩자를 두었지만 적에게 발각되었다고 하였고, 광녕(廣寧)사람 철신(鐵信)은 그의 첩주(諜主)로 근래 또한 도망쳐 와서 그 사실을 이야기 하였는데, 모문룡의 담력과 지혜가 적의 소굴 밖에 대해 어느 하루도 관심을 두지 않은 날이 없었습니다. 다만 적들을 교란해도 크게 교란할 수가 없었으니 저들은 견고하여 흔들리지 않았으며, 서너 번 그들을 교란하려 했지만 들어갈 수가 없었으니 우리의 계획이 매우 궁색하기 때문으로, 오직 대군(大軍)만이 기회를 엿보아 들어가야 비로소 적을 모두 무찔러 없애버릴 수 있습니다. 그런데 모문룡은 요청한 군량을 아직 조금도 가지지 못했습니다. 대저 변방의 관원들은 서로 속이고 신임하지 않으니, 윗사람이 실상을 요구해도 아랫사람은 날조로써 응하게 됩니다. 하물며 날조가 된 것을 책망하여 실상을 본뜨도록 한다면, 위에서는 날조를 실상이라고 여길 수가 없을 것이고 아래에서도 또한 어찌 실상을 날조로 응할 수 있겠습니까? 즉 모문룡이 전공(戰功) 보고

하면 실상과 부합하지 않을 것이라고 의심하면서도 또한 기뻐하고, 군량을 요청하면 날조가 아닐 것으로 믿으면서도 심히 난처해 한다는 것을 알게 되는데, 이러한 행동들은 모두 천하를 이해하는 실체로써 족하지만 영웅들이 일을 맡으려고 하는 마음을 고취할 수는 없습니다. 대체로 모호하게 일을 처리하면 끝마칠 기약이 있지 않고 또한 이루 말할 수 없는 것이 있습니다. 신(臣)이 생각하건대, 등래(登萊: 등주와 내주)에서 남쪽 연안을 방어하고 북쪽 연안을 방어하지 않는 것은 동강(東江: 皮島)에서 마지못해 일을 대강 대강 해치우고 착실히 응하지 않은 것으로 치밀한 것 같지만 엉성하고 절약하는 것 같지만 비용이 더 드니, 마치 살갗에 사특한 기운이 있다고 해서 제쳐놓고 들이지 않아 끝내 아프건 가렵건 상관하지 않은 듯해 결국 소홀하여 틈이 생기고 비용이 들어 헤아릴 수가 없을 것입니다. 엎드려 바라건대, 황상(皇上)께서는 해부(該部)에 신칙하여 공이 있는 원역(員役: 아전)을 조사해 관례에 따라 승진시키고 상을 주되, 그들이 청한 군비와 군량을 참작하여 지급하게 하소서. 등래(登萊)의 무신(撫臣)들이 책임지고 그 일의 본말을 종합하여 밝히되, 공이 있다는 말이 없었다면 그 거짓됨을 살필 필요가 없고 군량도 그 실상을 물을 필요가 없으니, 고립된 이역 땅의 신하로 하여금 자기 몸을 바쳐 나라를 위하게 하소서.

(이처럼 제본을 갖추어) 큰 소리로 외쳤지만 한 번도 응답이 없었다. 총괄하면, 독사(督師: 각노 손승종)가 몸소 관상(關上)에 처하여 실로 그의 전공을 보았기 때문에 그의 고초를 깊이 알았던 것이다.

여덟 방면으로 출병해 적과 싸워 오계관(烏雞關)에서 연승하였는데, 그 중 군대의 적절한 배치는 진실로 오랑캐의 간담을 서늘하기에 족하였다.

전쟁터에서 단단히 겨룰 수 있는 병법은 다른 사람들이 아이들 장난 같은 진을 치거나 산굽이와 관문에 매복하는 것을 베끼거나 함부로 지껄이는 대로 무장하고 전쟁터에 나가는 것을 모방하는 것이 아니다.

제22회

속국은 변란이 측근에서 발생하고,
수신은 형세에 따라 서로 돕기로 하다.
屬國變生肘腋, 帥臣勢定輔車.

권신의 어리석음이 세 번이나 있으니 | 強臣昧在三
도요새와 조개의 싸움이 한창 무르익네. | 鷸蚌鬪方酣
뼈와 살 또한 서로 맞서 적이 되니 | 骨肉且成敵
분수와 도리를 응당 잘 알지 못하네. | 分義應未諳

바른 명분이 곧 쓸데없는 말이 되니 | 正名乃迂說
역적 토벌은 거의 빈말이 되고 마네. | 討逆幾空談
시비를 누구와 더불어 밝히랴 | 是非孰與明
바야흐로 칼집 속의 칼을 어루만지네. | 欲按匣中鐔

　　신하가 임금을 시해하고 자식이 그 어버이를 죽이는 것은 천하의 대역(大逆)이니, 하물며 그 목숨을 죽이고 그 자리를 차지하면 명백히 찬탈인데 입이 백 개인들 무슨 해명을 하랴. 그러나 부자(夫子: 공자)가 위첩(衛輒)을 떠나지 않은 것은 만약 형편상 떠나려 해도 떠날 수가 없게 되어서 도리어 자기에게 해가 될 것으로 염려한 것이니, 이는 꾹 참고 머무르며 남이 나에게 쓰일 수밖에 없도록 한 것이다. 당시 조선 국왕 이휘(李暉: 李琿의 오기)가 모문룡 장군에게 토지를 제공하고 그에게 군량[糗糧]도 제공하였고 또한 중국을 배반할 사람도 아니었다. 단지 그에게 병이 있어서 국사를 조카 이종(李綜: 李倧의 오기, 仁祖)에게

맡겼는데, 이종(李倧)은 스스로 재주와 용기가 있고 특이한 관상을 지
녔다고 여겨 불량한 마음을 갖고 자주 변방을 지키는 신하[邊臣]들과
서로 결탁하였다. 천계(天啓) 2년(1622) 정월에 이종(李倧)의 당여(黨與:
같은 편) 평산 절도(平山節度: 평산 부사) 이귀(李貴)는 부름을 받아 왕경
(王京: 한양)에 들어와서 방어하였고, (그 이듬해) 3월 9일에 이르러 약속
한 사람이 궁궐에서 방화를 저지르자 이종(李倧)이 불을 끈다는 명분
으로 이귀(李貴)와 함께 궁궐로 들어갔는데, 공교롭게도 이혼(李琿)을
마주치니 (이혼이) 허겁지겁 와서 자기를 구해줄 것으로 기대했다. 하
지만 뜻밖에도 이종(李倧)은 끝내 얼마 되지 않아서 이혼(李琿)을 잡아
다가 불구덩이 속으로 내동댕이친 뒤, 아울러 세자와 궁중 권속들을
죄다 살육하였다.

수년간 혈전 치르며 왜적 쫓느라고	數年血戰走倭夷
대의 외치며 근왕병 자주 일으켰거늘,	仗義勤王數擧師
조정의 변란 일어나니 아! 막지 못해	變起蕭墻嗟莫禦
고궁엔 이내 긴 풀이 날로 더부룩하네.	故宮烟草日離離

대엿새가 지나고 계조모(繼祖母: 조부의 후처) 왕대비(王大妃: 인목대비)
가 명을 전하며 이혼(李琿)의 죄악을 꾸짖어 말했다.

"이혼이 왕위를 계승한 이래 도를 잃고 올바른 도리에서 벗어난 것
이 한이 없었다. 참소하는 말을 쉽게 믿고 스스로 시기와 의심을 내어
나를 조모(祖母: 계모의 오기)로 섬기지 아니하였는데 나의 부모를 죽이
고 나의 어린 자식까지 학살한 데다 나를 유폐하여 곤욕을 주는 등
두 번 다시 인륜의 도리라고는 없었다. 윤리 강상이 끊기어 한 나라가
금수 같았으니, 여러 차례 큰 옥사를 일으켜 무고한 사람들을 해쳤다.
선왕 때의 원로 신하들을 하나도 남김없이 다 내쫓고 오직 악행을 조

장하며 아첨하는 인아(姻婭: 인척)와 부시(婦寺: 궁녀와 환관)의 무리만을
높이고 신임하였다. 인사는 뇌물만으로 이루어져서 사리에 어두운 자
들이 조정에 가득 차있었다. 민가를 철거하고 두 채의 궁궐을 건축하
는 등 토목공사를 10년 동안 그치지 않았으며, 사람들을 부리는 것이
번다하고 가렴주구는 한이 없어 백성들은 도탄에 빠져 울부짖으며 날
을 보냈다. 그 밖에 또 배은망덕하여 천자의 위엄을 두려워하지 않았
으며, 독부(督府)가 동쪽으로 왔을 때 그 의로운 명성이 사람들을 감동
시켰지만 신하들에게 책문(策問)하는 것이 성실하지 않은 데다 같이
원수를 치는데 힘쓰지 않았다. 귀신과 사람들의 분노가 이제 극도에
달하여 종묘사직이 위태로움은 마치 가느다란 실끈과 같았다. 크고
작은 신공(臣工: 백관)들이 도모하지 않고도 뜻이 같아서 합사(合辭)하
여 대의를 떨쳐 일어났으니 얼마나 다행스러운가, 모두 능양군(陵陽君:
綾陽君의 오기) 이종(李倧)이 일찍부터 어질다는 평판이 현저하여 천명
이 돌아갈 곳이었는지라 오는 13일에 혼란을 토벌해 평정하고는 이미
위호(位號)를 정하여 선왕의 뒤를 잇게 하였으니 떳떳한 인륜이 베풀
어져 종묘사직이 다시 안정되었다."

　이종(李倧)은 곧 즉위하여 숙장(宿將: 경험이 풍부한 老將) 장효(張曉: 張
晚의 오기)를 총병(總兵)으로 삼아 압록강(鴨綠江) 일대를 지키도록 하
고, 내척(內戚: 부인의 친척) 한복원(韓復遠)을 본국 도총병(本國都總兵)으
로 삼아 왕경(王京: 수도 한양)을 지키도록 하였으며, 사람을 보내 평양
(平壤)에 이르러 박엽(朴燁)과 정매(鄭邁: 鄭遵의 오기)를 아울러 죽였다.
인조 원년(1623) 겨울에는 누르하치를 끌어안아 요동 사람들의 가슴을
못질하거나 모문룡 장군을 모함한 죄를 나열하니, 의정부 좌의정 박
홍등(朴弘等: 朴弘耉의 오기)을 시켜 한편으로는 글을 갖추게 하고 다른
한편으로는 독무(督撫)에게 자문(咨文: 공문)으로 조회(照會)하도록 하여

모문룡 장군에게 신문(申文: 주청하는 上行文書)를 보냈는데, 능양군(綾陽君) 이종(李倧)은 곧 소경왕(昭敬王: 宣祖)의 아들인 정원군(定遠君)의 첫째 아들이라 칭하고 왕위 계승의 책봉에 도와주기를 청하였다.

모문룡 장군이 생각했다.

'이종(李倧)은 힘으로 임금을 시해했거늘, 어찌 한 늙은 상부(孀婦: 과부)를 끼고 그가 사주하는 대로 따르지 않을 수 있겠는가? 하물며 이혼(李琿)은 죄가 있다 해도 그의 적자(嫡子)는 무슨 죄를 지었기에 함께 살육해야 했던 것인가? 즉시 혼암한 임금을 폐하고 명철한 임금을 세우려는 생각이었을지라도 또한 마땅히 대비에게 아뢰어 폐할 것이지 어찌하여 그들을 살육했단 말인가. 살해자도 이종(李倧)이고 왕위 계승자도 이종(李倧)이니, 분명히 살해하지 않았다면 이종(李倧)은 세울 수 없는 것이거늘, 이 찬탈에 대해 다시 무슨 말이 필요하랴!'

그러나 피도(皮島)는 조선(朝鮮)에 의지하여 뗄 수 없는 긴밀한 관계에 있어서 의지하지 않을 수 없고, 조선은 또 국토가 누르하치와 이어져 있어서 모문룡 장군이 의리를 앞세워 공정한 말을 하며 명분을 바로잡고 죄를 성토하는 것도 또한 그르다 할 것이 없었다. 그런데 이종(李倧)이 총병(總兵)을 증설해 미리 방비하였으니, 만약 싸워서 이긴다고 해도 그때는 이미 스스로 병력이 피폐해진 터이라 누르하치가 피폐해진 두 호랑이를 엿볼까 염려되었다. 싸워서 이기지 못하면 이종(李倧)이 반드시 누르하치와 연합하여 각 섬의 형세는 필시 매우 위태로워질 것이니, 어찌 반란자를 토벌한다는 헛된 명성을 취하려고 억지로 속국을 누르하치에게 주어야겠는가! 하물며 이종(李倧)이 박엽(朴燁) 등을 죽였다고 중국에 자백하였으니 아직도 윤허하여 따르게 할 기회가 있음에랴. 모문룡 장군은 이종(李倧)이 등래(登萊)의 무원(撫院)에 올리는 게첩(揭帖)을 따라 그를 대신해 아뢰어 전달하는 뜻을 갖추고 서술하여 말했다.

"변경에 있는 진(鎭)의 무변(武弁: 무관)으로서 적절한지 어떤지 모르겠습니다. 이종(李倧)은 그의 신하와 백성들이 추대한 것을 근거로 지위와 신분이 이미 정해졌으니, 하물며 지금은 오랑캐[夷狄]들이 몰래 도발하려는 즈음인 데다 동서에서 많은 일들이 일어나는 때인지라 진장(鎭將)은 다만 곡진하게 위로하고 온화하게 말하여 예기치 못한 사태가 일어나지 않기를 바라나이다. 비록 그러하나 진장(鎭將)이 그 동쪽을 차지하고 있어서 그 추대의 과정을 조금 알고 있는데, 오늘 온 신보(申報: 보고)에 의하면 해당 게보(揭報: 게첩에 대한 소식)가 없어서 국왕 책봉의 가부에 대해 함부로 행동할 수가 없으니 상께서 재단(裁斷)하여 주소서."

게첩(揭帖)이 등래(登萊)의 무원(撫院)에 도착하자, 원가립(袁可立)이 상소문을 갖추어 오랑캐를 쳐서 나라를 회복하기를 청하였으니, 다음과 같다.

　　만약 나라에 일이 많아서 군사들을 고생시키고 백성들에게 해를 끼칠까 염려스럽다면 마땅히 사신을 파견해 저 속국에 널리 알리는 칙서를 선포하여 그 죄를 밝게 바로잡으소서. 저 속국의 신하와 백성들로 하여금 군주는 쉽게 바꿀 수 없다는 것을 알게 하고 예법상 의당 왕위를 빼앗은 찬역죄(簒逆罪)를 속히 처벌하여 이미 폐위한 왕을 다시 세우게 하소서. 만일 이종(李倧)이 대비(大妃)의 명 때문에 할 수 없이 한 것이고 신하와 백성들이 그를 마음으로 순종한다면, 또한 마땅히 왕위에서 물러나 명령을 기다리게 한 이후에 조정에서 천천히 죄를 용서하는 조서를 반포하여 국사를 공경히 받들게 하소서.

군량 운반을 검독하고 마침내 시랑(侍郎)이 조목별로 아뢰었는데, 처벌을 논의할 필요가 없다는 것이 세 조목이고 급히 책봉해서는 안 된다는 것이 세 조목이니, 명지(明旨)를 내려 이종(李倧)을 책문(責問)하여 복종하게 하거나 혹은 그가 출병하여 누르하치를 무찌르는 공을 세우고 나서야 책봉을 윤허하자는 것이었다. 유 어사(游御史: 미상)는 적을 토벌하는 중에 정신적으로 오랑캐를 섬멸하는데 쓰기를 청하였다. 예부(禮部)와 병부(兵部) 두 부서(部署)는 성지(聖旨)를 받들어 상의하여 관리를 보내 조사하여 밝혔는데, 병부는 모문룡 장군을 보내어 확실한가를 직접 살피고 보고하게 하였으니 명확히 직권을 모문룡 장군에게 주어 이종(李倧)을 제어할 수 있었고 그로 하여금 은혜에 감사하여 능력을 발휘하게 할 수 있었다. 예부(禮部)는 등래(登萊)의 무원(撫院)에 자문(咨文)을 보내면서도 모문룡 장군에게까지 편지를 보내어 적당한 관원을 조선에 파견하고 상세히 살피어서 조선의 신하와 백성들로부터 취한 주본(奏本)을 회답하되 윤(閏)10월 중순까지 거듭 아뢰게 하였다.

등래(登萊)의 무원(撫院)에서는 가함 유격(加銜遊擊) 이유동(李惟棟)에게 위임하여 조선(朝鮮)에 가게 하였고, 모문룡 장군은 중군 참장(中軍參將) 진계성(陳繼盛)을 보내어 조사하게 하였다. 그들은 조선 땅에 이르러 바야흐로 회의하였는데, 조선의 문관직(文官職)으로 영중추부사(領中樞府事) 이광정(李光庭) 등 317명과 무관직(武官職)으로 지훈련원사(知訓練院事) 이수일(李守一) 등 414명을 만나 회의하고 모두 서명하였다. 그리하여 회의한 내용은 다음과 같다.

사람이 사람인 까닭은 사람에게 인륜이 있기 때문이다. 인륜이 무너지고 끊어져서 자식이 자기 부모를 부모라 하지 않고 신하가 자기 임금을 임금이라 하지 않으면 다시는 사람이 된 도리가 아닌지라 금수와 별 차이가 없게 될 것이니, 또한 어찌 나라의 임금이 되어 백성을 자식처럼 여기면서 천자의 은총 있는 명령을 보지(保持)하겠는가! 이는 폐위된 군주가 스스로 하늘로부터 버림을 받은 까닭이고, 한 나라의 신하와 백성들이 왕위를 잇기 위해 책명(册命)을 요청하는 까닭이다. 무엇 때문에 책봉(册封)하는 은전(恩典)이 오래도록 지체되더니 조사하라는 명령이 갑자기 내려와 온 나라의 민심이 의지할 곳 없이 허둥지둥 어쩔 줄 모르게 하는가. 명나라 조정이 우리나라 보기를 내지(內地)와 동일시하고 있음을 모르지 않으니, 자문(諮問)하고 방문하는 것이 주밀하고 상세한 것은 바로 그 일을 중히 여기기 때문이다. 그러나 조사하여 실정을 알았으니 이미 그 실정이야 조사해서 무엇하랴만 반드시 그만두지 않고자 한다면, 또한 천명(天命)이 떠나고 이르는 것과 인심(人心)이 이반하고 화합하는 것을 볼 따름이다. 하나는 인륜을 해치고서 하늘에 죄를 얻었고 또 하나는 사람이 지켜야 할 떳떳한 도리를 잘 지켜서 천명을 이어받았으니, 이 두 가지는 분별하여 설명하기를 기다릴 것도 없이 명약관화한 것이다.

우리 소경왕(昭敬王: 宣祖)께서는 적사(嫡嗣: 정부인 소생의 맏아들)가 없어서 서자(庶子) 광해군(光海君)을 후계자로 등용하였고, 그는 소경왕이 돌아가면서 훈계를 남기니 충효에 힘썼다. 그러나 왕위를 세습한 지 얼마 되지 않아 그 선왕(先王)의 유훈(遺訓)을 저버리고 따르지 않으면서 늙은 사람을 방치해 버렸는데, 옛날에도 흉악한 마음을 가진 사람[任人]을 등용하지 않은 것은 바로 오직 참소의 무리와 요망한 신하들만이 그들을 높이고 조장하였기 때문이었다. 악행과 욕심을 부추기며 함께 길을 가지 않아서 더러운 행실이 조정과 민간에 전파되어 벼슬은 파는 데서 문란하였고 형벌은 돈 받는 데서 난잡하였으며, 백성들의 집조차도 철거하여 궁궐을 증축하려고 원망 쌓으며 부역을 일으키는 것이 없는 날이 없었다. 옥사를 얽어 위엄을 세워서 여러 사람의 입을 막고, 부당한 형벌로 불에 달군 쇠로 지지며 온갖 수단으로 피비린내만 나게 하고, 충성스러운 말이 귀에 거슬릴 때마다 죄를 주어 내쳐서 먼 바닷가에 유배 보내니, 차라리 원통하게 죽는 것이 통쾌할 것이다. 모친[仁穆大妃]의 가르침과 훈계에 혐오와 분심을 품던 것이 쌓여서 시기와 악감이 되어 모친을 쓸쓸한 별궁[冷宮]으로 유폐하고는 구멍을 통하여 음식을 넣어주었고, 모친의 아버지와 형제들을 도륙하였고, 모친의 족속들을 유배 보냈고, 심지어 모친의 8살 된 어린 아이까지 품속에서 빼앗아 죽게 하였다. 그 나머지에 있어서도 나라의 떳떳한 법을 뒤엎고 살아 있는 백성들을 혹독하게 고통스럽게 한 것을 이루 하나하나 다 열거할 수 없다. 그런데 처음부터 아버지의 마음을 마음으로 삼지 않고 끝내는 아들의 도리로써 어머니를 섬기지 않았으니, 부자의 천륜이 어떻다 하겠는가!

신종(神宗) 황제가 만방을 다스린 지가 40년에 이르렀다. 우리 동쪽 번방(藩邦)은 은총을 두터이 받았는데, 임진년(1592)에 이르러 병화(兵火)가 가장 참혹하여 날개가 꺾이듯이 무너지려 해서 대국(大國)에 하소연하니, 10만의 군사를 동원하여 전쟁이 끝날 때까지 비바람 속에서 고생하였고 백만의 내탕금(內帑金: 경비)을 부조(扶助)하는데 아끼지 않았다. 고난을 형통으로 바꾸어 어려움을 구제하고 동녘바다[日本]까지 시종일관 진동하여 조선이 어려움을 극복하였으니, 마치 (쓰러진) 나무에 새싹이 자라듯이 지금 살아 있는 자는 적에게 죽은 자의 어린 아이들이다. 선왕(先王)이 당시 군신 백관들에게 가르쳐주기를, "황상의 은혜는 죽은 이를 살리고 해골에 살이 돋게 하니, 비록 쇠바퀴가 머리 위에서 돌게 한다 할지라도 감히 사양할 수 없다."고 하였다. 그 말이 아직도 귀에 쟁쟁하게 남아 있으니 누군들 마음에 새기지 않으랴!

폐군(廢君: 광해군)이 감히 천조(天朝: 중국 조정)에 대해 두 마음이 생겨 몰래 오랑캐와 화친하고자 혼하(渾河: 深河의 오기)의 전쟁에서 은밀히 장신(將臣: 대장)들을 데리고 군대의 출동시기를 경솔하게 누설하였으니, 잔인하게도 우리 임금의 손톱 같은 군사들로 하여금 뜻밖의 칼날과 화살에 걸려 도륙되어 피바다를 이루고 울부짖는 소리가 우레와 같았으며, 대국의 유정(劉綎)과 교일기(喬一琦) 두 장군도 동시에 죽었다. 온 나라의 사람들은 고통으로 가슴이 찢어졌으나 폐군은 듣고 태연히 그것을 숨기지 않았다. 선천(宣川)의 변란에서 오랑캐들이 몰래 쳐들어와 갑자기 습격하자, 편장(編將)의 휘하 군사들이 격전을 벌이다 죽었고 살아서는 거의 사로잡혔다. 변방의 관리가 오랑캐들을 끌어들였지만, 그 흔적을 가리지도 않고 그 죄를 묻지도 않고서 오히려 그 간악함을 칭찬하였다. 심지어 심하(深河)의 전쟁에서 전사한 배신(陪臣: 김응하)에게 준 하사금과 감군 어사(監軍御史: 梁之垣)가 군사들을 호궤(犒饋)하도록 하사한 물품에 이르러서도 모두 내탕고(內帑庫)에 들이고 끝내 나누어주지 않았다. 선량한 사람을 해치고 지방관을 하찮게 여겨서라도 국한(國汗: 후금국 우두머리)에게 아첨하고 애걸하기 위해 못하는 짓이 없었다. 지은 죄를 스스로 알고서 반드시 죄악을 덮고자, 왕인(王人: 중국의 사신)이 관(館: 객사)에 있으면 별도로 더욱 막고 둘러쌌다. 군졸들로 호위하였으니 그것은 실제로 더욱 감금한 것이며, 풍족한 뇌물로 위로하였으니 그것은 실제로 입을 틀어막은 것이다. 그 나머지도 천조(天朝)를 속이기만 하며 성패를 바라만 보고 있었던 것이 하나 둘로 헤아릴 수 없다. 그런데 처음부터 아버지의 훈계를 생각지 않고 끝내는 신하의 도리로써 천자를 섬기지 않았으니, 군주와 신하 간의 윤리가 어떻다 하겠는가!

오호라! 부자간과 군신간에서 강상(綱常)의 막중함은 천지가 다하고 만세에 뻗치도록 사라지지 않을 것이다. 만일 혹 어느 날 그것에 죄를 졌다면 보통의 남자와 여자라도 오히려 보호될 수 없거늘 하물며 천승(千乘)의 임금임에랴. 귀신이 노하고 사람들이 원망하며 여러 사람들이 배반하고 친한 이들이 떠나가서 절로 멸망하기에 이를 것은 당연한 이치로 괴이할 것이 없다. 조상으로부터 힘입어 물려받은 사업을 다행히도 의탁할 수 있었으니, 선왕(先王: 宣祖)의 혈육으로 손자보다 친한 이가 없다. 왕위를 계승한 우리 임금은 바로 소경왕(昭敬王)의 셋째 아들인 정원군(定遠君)의 맏아들이다. 총명하기가 출중하였으며 인자하고 효성스럽기가 천성에서 나왔는바, 선왕께서 어루만져 사랑하며 일찍부터 남다르다고 칭찬하였는데, 혼조(昏朝: 光海朝)에서 은은하게 훌륭한 명성이 더욱 빛났다. 천명과 인심이 묵묵히 모여드는 바가 있었으니, 마치 물이 아래로 흐르는 것과 같아 그것을 막을 수가 없었다. 덕망이 높고 존경받는 노인들, 충절을 다하는 신하와 의를 지키는 선비들, 대소 군민(軍民)들이 서로 의논하지 않았는데도 의견이 같았다. 이에, 3월 13일 서로 이끌고서 유폐(幽閉) 중이던 소경왕(昭敬王) 왕비를 절하여 맞이하고, 대비(大妃)의 명을 공경히 받들어 임시로 국사를 맡도록 하였다. 이는 지극히 바른 명분을 따라서 대순(大順)의 덕을 거행하여 거의 망해 가는 국운을 회복하고 거의 끊어지게 된 왕위를 이어서 그 천명과 인심을 드러내고 사람의 기강을 유지하여 해와 달이 거듭 밝도록 해 강역(疆域)을 다시 회복한 까닭이니, 지나간 옛날을 살피더라도 부족함이 없다고 할 수 있는지라 후세에 전해줌으로써 세상에 길이길이 할 말이 있게 하였다.

이제 그 첫 정사(政事)에 대해 간략히 언급한다면, 기쁘고 즐거운 기색으로 연로한 어머니를 봉양하며 매일 부지런히 세 번 문안하였으며, 우애하고 화목하라는 어버이의 명에 대해 예우를 다해 지극하여 한 집안사람과 같이 폐군(廢君: 光海君)의 빈어(嬪御: 滕妾)들을 늘 마음속에 두어 복식(服食)에 있어서 조금도 부족함이 없게 해 혈육의 정을 모두 갖추고 기방(畿邦: 畿甸)에 함께 살도록 하였다. 반정(反正)하던 날에는 도성의 백성들이 눈물을 흘렸다. 정사(政事)를 맡아보던 초기에 즉시 박엽(朴燁)과 정준(鄭遵)의 목을 베어 국경에 매달아 놓았다. 군량을 부지런히 모아서 해진(海鎭: 모문룡의 鎭)에 부조하기 위해 보냈다. 재물을 절약하고 사용처를 줄여 백성의 괴로움을 구휼하니 민심이 감동하고 기뻐하였으며, 군사를 모집하고 적도(賊徒)를 색출하여 적개심으로 외침을 막으니 장수와 군사들이 기세가 사나웠다. 그 나머지에 있어 법도를 세우고 기강을 펴서 이로운 일을 일으키고 해로운 일 없애기 위해 차례차례 고치고 행하니, 풍채(風采)에 바로 변화가 있었다.

대체 어찌 일종의 유언비어가 그릇되게 전해질 수 있는가. 시장에 가듯 따르는 자들을 가리켜서 거병하여 궁궐에 이르렀다고 말하였으며, 실수로 행랑채와 마구간에 불을 내고 즉시 불을 끄던 자들을 가리켜 궁실을 불태웠다고 하였으며, 황태후(皇太后)의 밝은 명을 받들고 신하와 백성들이 자기에게 돌아온 것을 따랐거늘 찬역(簒逆)이라고 하였으며, 왜구(倭寇)가 폐군(廢君: 광해군)을 밧줄로 꽁꽁 묶어 불 속으로 내던졌다고 한 말을 인용하는데 이르러는 더욱 이치에 맞지 않다. 또 먼저 대국(大國)의 명을 받지 않은 것을 허물로 삼는다면, 《춘추(春秋)》의 의리는 안으로 계승한 바가 있은 뒤에야 위로 주품(奏稟)하는 바가 있어야 할진대 그 차례 사이에는 이치와 형세가 참으로 그러한 것이나, 이런 몇 가지 말은 분별하여 설명하기를 기다

리지도 않고도 분명한 것이다. 지금 사신을 보내어 호소하게 하는 것은 조정
의 의논으로 허락받지 못한 데다 배를 타고 먼 길을 왔거늘 왕복하려니
기약하기 어려우며 교활한 오랑캐가 그 틈을 엿볼 것이고 강물이 이미 얼어
붙었는데, 사태가 급변하는 일이 순식간에 일어나면 이것이 어떠한 기회이
고 무슨 기상인지 알지 못하겠으나 머뭇거리며 결정하지 못할 뿐만 아니라
대사를 그르칠 것이라! 엎드려 바라건대 소방(小邦: 조선) 사람들의 마음을
갖추어 빨리 대국(大國)의 조정에 아뢰어 책명(冊命: 책봉하는 명)을 속히
내리도록 하면 그보다 더 큰 다행이 없겠다.

조선(朝鮮)의 배신(陪臣)은 이 구술서(口述書)를 모문룡 장군에게 바치
니, 모문룡 장군은 또 지난번 원래 차관(差官)이었던 진계성(陳繼盛)과
이유동(李惟棟)에게 그들의 실제 상황을 살피게 하였는데 대체로 다름이
없자, 모문룡 장군은 바로 그들의 공본(公本: 奏本) 1통과 결장(結狀: 서약
서) 4장을 이유동(李惟棟)에게 주어 등래(登萊)의 무원(撫院)에 회답하고
는 등래의 무원으로 하여금 갖추어 예부(禮部)의 복심(覆審)을 아뢰도록
해 책봉하는 조서를 청하였다. 이때부터 조선은 모문룡 장군이 그들을
위해 책봉을 청한 은혜에 감격하였는지라, 자연스레 급히 서로 찾는
일이 있으면 다시는 두 마음 세 마음을 지니지 않고 철산(鐵山)에 편안히
있게 하면서 편안한 마음으로 오랑캐를 섬멸할 수 있게 하였다.

속국에 천자의 위엄이 늠름하고	屬國凜天威
급히 책봉 청한 은전 더욱 우뚝하네.	馳封恩更巍
감히 서로 협공하자는 말 사양하랴	敢辭相犄角
함께 개선가 부르며 돌아오기를 아뢰네.	共奏凱歌回

만약 모문룡 장군이 탐욕스런 사람이었다면 이때를 이용해 협박하
고 요구하는 바가 있었을 것이며, 우둔한 사람이었다면 공을 세우려고

군대를 출동하여 도탄에 빠진 백성을 위로하고 죄 있는 자 치기를 바랐을 것이지만, 대국 조정이 소국(小國: 조선)을 보살펴 줄 수 있는 체통을 잃은 지경에 이르르는 속국(屬國)이 의뢰하지 않고자 하는 마음이 생겨 혹 누르하치를 동강(東江)에 끌어들이거나 가만히 앉아서 성패를 보고만 있을 것이니, 입술과 치아처럼 서로 뗄 수 없는 의리를 잃을 뿐만 아니라 도리어 어떻게 진심으로 생각하여 누르하치를 무찌르려 하랴! 이것이 비록 대국의 조정에서 동강(東江)을 공고히 할 계획이었을지라도 또한 모문룡 장군은 시기와 형세를 잘 판단해야 할 것이다.

조선에서의 일에 대해 사람들이 말하기를, '대국의 조정은 속국(屬國)이 모문룡 진영(鎭營)을 제공한 것에 대해 은혜에 감격하여 보답하려고 모문룡 진영을 이용하도록 했다고 말하지만, 모문룡의 진영은 속국을 얽어매어 대국의 조정에 종속하여 머리를 숙이고 마음을 낮추어 대국의 조정을 위해 쓰이도록 했다는 것을 알지 못할 것이다.'고 하였다. 시험삼아 진강(鎭江)의 최전선에 대해 물어보면, 막연히 오랑캐에 의해 가로막혀 있고 대해가 아득하여 조정의 사신을 접견하지 못하게 한다고 하는데, 만약 모문룡 진영이 조선의 곁에 접하여 있지 않았다면 조선은 무엇이 두려워 책봉을 청했을 것이며, 무엇을 아껴서 누르하치에게 허리를 굽혀 들어가지 않겠는가. 이제 조선은 마치 기미책(羈縻策)을 받아 오히려 오랑캐 안으로 마음을 돌아보던 자들을 묶어두었으니, 동강(東江)의 공적인 것이다. 이른바 오랑캐를 견제한다는 것은 조선을 견제하는 것이 아니겠는가.

조정안에서 사명을 짓고 토론하여 가부를 논의하는 일로 감히 (자기 주장을) 고집하지 않는 것은 오히려 여러 신하들이 시대에 뒤떨어지지 않았다는 것을 보여준 것이다.

제23회

왕국좌 천총은 그믐날 밤에 오랑캐를 사로잡고,
장반 도사는 뛰어난 병략으로 오랑캐를 막다.
王千總臘夜擒胡, 張都司奇兵拒敵.

전쟁은 임기응변이 귀하니, 배도가 눈 내린 밤에 이룬 회서의 평정이 기록되었네. 섶을 끌거나 부엌을 줄인 것은 모두 신기한 책략인데, 교묘하게도 함정을 밟도록 어리석게 할 수 있었던 데다 지혜롭게도 용자를 내칠 수 있었으니 예나 이제나 씀직도 하여라.

막부는 오랑캐 삼킬 것에 뜻을 품고 만금을 흩어서 웅비(熊羆) 같은 용맹한 장사들을 그물질하였네. 계책을 도모하는데 힘을 다하느라 힘들고 어려운 일 잊었는데, 온우를 참수하여 북에 피 칠하고 호한야(呼韓耶)의 피로 칼날을 더럽혔으니 말끔히 요괴들을 소탕했네.

이상의 곡조는 《청행아(青杏兒)》이다.

전쟁은 속임수이다. 궤(詭: 속임)란 것은 귀신과 같은 것으로 진짜인가 가짜인가 의심하도록 하여 사람들로 하여금 미리 헤아릴 수 없게 한다. 능하면서도 능하지 못하는 듯이 보이고, 쓰려하면서도 쓰지 못하는 듯이 보이며, 가까우면서도 먼 것처럼 보이고, 멀면서도 가까운 것처럼 보인다. 이롭게 해줄 듯이 해서 꾀어내고, 혼란스럽게 해서 빼앗으며, 적이 충실하면 대비하고, 적이 강대하면 피하며, 적이 분노하면 더욱 부추기고, 자신을 낮추어 적을 교만하게 하며, 적이 편히 쉬고 있으면 피로하게 만들고, 적들이 서로 친하면 이간질시켜 떼어놓으며, 적이 방비하지 않는 틈을 공격하고, 적이 생각지 못하는 사이에 공격하는 것이 모두 전쟁에 승리하는 방법이다.

모문룡 장군은 이보다 앞서 각 섬들에 군사를 주둔하여 정리하고 있었는데, 뒤에 병력이 점점 넘쳐나고 요동의 백성들도 귀순해오는 자가 날로 많아진 데다 투항해온 오랑캐까지 있어 토지가 충분치 않았기 때문에 철산(鐵山)과 운종도(雲從島) 일대에서 막부(幕府)를 개설하였다. 철산(鐵山)에서 건계(乾階: 江界의 오기) 지방까지는 누르하치가 오룡강(烏龍江: 흑룡강)을 한번 건너면 올 수가 있는 곳이라, 누르하치가 강을 끼고 건널 만한 곳은 모두 병력을 증강하여 지키도록 하였다. 또한 앞서 10월에 금주(金州)를 지키던 도사(都司)가 깊이 탐문하여 복주(復州)를 지키던 중록합필(中鹿哈必)이 스스로 술 잘 마시고 여자도 좋아하여 성 안의 고운 아낙네를 찾아 제멋대로 간음하였으며, 부하들도 기회를 틈타 약탈하느라 성 지키는 것을 신경 쓰지 않고 있다는 것을 알았다. 장반(張盤) 도사(都司)가 초5일에 바삐 자기 부대를 이끌고 또 귀순한 백성 중에 용맹스런 정병(精兵) 500명을 뽑아서는 밤새도록 곧장 복주(復州)의 동문과 남문 양문에 달려가서 성 밖의 초가집을 불 지른 뒤 함성을 지르며 성을 공격하였다. 선발된 정병(精兵) 중에 하지등(何志等)이 있어서 용맹을 떨치며 성을 기어올라 성문을 여니, 장반 도사가 쇄도해 들어갔다. 달적(韃賊)들은 내막을 알지도 못하고 감히 막아내며 싸우려 하지 않고서 죄다 달아나 도망갔다. 장반 도사가 백성들을 진정시킨 뒤 곧바로 성안에 주둔하고 병력을 나누어 부근에 있는 영녕(永寧)의 각 보(堡)를 점거하고는 병사와 협수(協守: 보좌할 장수)를 청하였다.

다만 11월 19일에 이르러서야 합필(哈必)이 5천의 인마(人馬)를 거느리고 와서 성을 되찾고자 하는 것을 알았다. 장반(張盤) 도사는 성 안의 민심이 미처 안정되지 않은 것을 보고 그를 도와 적의 공격을 방어하려고 하지 않을까 걱정된 데다, 달적(韃賊)은 군사가 많고 우리는 적어서 다만 지혜로만 그들을 이길 수 있다고 여기고 은밀하게 병사들을 거느리고 남산으로 피해 들어가 그들이 성으로 들어가도록 내버려두었다. 저 달자(韃子)들은 도리어 또 성으로 들어가지 않고 게다가 일제히 가서 성을 헐어버렸다. 성을 헐어버리느라 몸이 고달프고 나른했지만 해질 무렵에서야 겨우 가서 편히 쉴 수 있었다. 편히 쉬려고 막 물러나자마자 장반(張盤) 도사가 이미 병력 300명을 나누어 북문 밖에 잠복시키고는 분부하였었다.

"우리 군대가 성을 공격하면 달병(韃兵)들이 필시 달아나 북문으로 나올 것이나 그 달병들이 많아 가로막을 수가 없을 것이니, 다만 싸울 것처럼 소리만 지르고 뒤쫓아 가면서 그들의 말과 무기들을 빼앗도록 하라."

삼경(三更: 밤 11시부터 새벽 1시 사이)이 되자, 일제히 성을 포위하여 함성을 지르고 화포를 쏘아대니 기세가 자못 세찼다. 합필(哈必)은 금주(金州)의 군대와 합쳐서 온 것으로 여겨 감히 더 싸우지 못하고 부하들을 거느리고서 달아났으나 또한 북문에 잠복해 있던 장반(張盤)의 병사들에게 뒤쫓겨 필사적으로 멀리 도망갔다. 장반(張盤) 도사가 성에 들어가 점검하고 헤아려보니, 달병(韃兵) 10명의 머리를 베었고 활 5장(張), 화살 233개, 삼안창(三眼鎗) 20자루, 대총(大銃) 4자루, 소총(小銃) 21자루, 창(鎗) 9자루, 말 2필을 빼앗았다. 그렇지만 구원하러 오는 군대가 없는 데다 군량까지 부족하였다. 이윽고 여순(旅順)의 삼산해구(三山海口: 大連)에서 군량 수송선 몇 척이 사고를 만나 바람에 표류하다가 침몰했는데 그 안에 미두(米豆) 1천여 석이 있다는 소식을 탐문하고는 곧 군대를 거느리고 잠시 삼산해구(三山海口)로 돌아가 먹을 것을 구하였다.

그리고 복주(復州)를 되찾자 진강(鎭江)에서 선성(旋城)·황골도(黃骨島)·귀복보(歸服堡)·홍취보(紅嘴堡)·망해과(望海渦)에 이르기까지 금주(金州)와 복주(復州)에 잇닿으니, 모두 사람을 파견해 둔목(屯牧)할 수 있도록 초관을 보냈다. 12월이 되자, 모문룡 장군은 한겨울이니 장수와 병사들이 몹시 추울 것으로 생각한 데다 또 해가 저물어가니 인심이 해이해질까 걱정이 되어서 사람을 시켜 여러 곳에 상을 내려 위로하였고, 각 지역에 패문(牌文)을 보내 온 힘을 다하여 지키도록 멀고 먼 곳까지 초관(哨官)을 내보내어 일을 그르침이 없게 하였다. 그러니 저 장관(將官: 장수)들 중에 어느 누가 주의하지 않겠는가.

내정 파총(內丁把總) 왕덕(王德)이라는 자가 병사를 데리고 초관(哨官)으로 나갔다가 요동의 백성들이 길거리에서 떠드는 말들을 들었으니, 이러하다.

"달자(韃子)는 그럴지라도 너는 우리들과 같은 고향 사람이거늘, 어찌하여 이런 낯짝으로 나타나 사람을 죽이고 남의 부녀자를 겁탈한단 말이냐!"

왕덕(王德)이 은밀하게 사람을 시켜 가서 그에게 물어보도록 했을 때, 그 요동 사람이 욕을 해대며 말했다.

"이놈은 반적(反賊) 김우하(金遇河)의 조카 놈으로, 무슨무슨 김중덕(金重德)이라고 부르며, 일개 수비(守備)가 되어 평록(平鹿)으로 가 부임해야 하는데 가지 아니하고 동귀로구(東歸路口)에서 이렇게 지나가는 사람 모두 가로막고 짐 꾸러미를 빼앗았다. 그리고 만약 반항하는 자가 있으면 바로 '네놈은 남조(南朝)에 투항하려는 자이냐?'고 하면서 모두 잡아와서 죽였으니 매우 많은 사람들이 죽었다. 또 남의 부녀자들을 오늘 한 명, 내일 한 명씩 마음대로 골라 가서는 그의 잠자리를 받들게 하였는데, 만약 받들려고 하지 않으면 역시 한 칼에 죽었다.

백성들이 몹시 해를 입고 이러하였으니, 어떻게 하면 천병(天兵: 명나라군)이 와서 이놈의 머리를 벨 수 있겠는가!"

왕덕(王德)이 그것을 듣고 말했다.

"이 가증스런 놈! 내일이 섣달 그믐날이라서 그놈은 필경 사사로운 잔치를 벌려 술을 마실 것인지라, 내가 가서 그놈을 잡을 터이니 기다리도록 하라."

때마침 다음날에 왕덕(王德) 부대의 인마(人馬)들이 동귀로(東歸路) 일대의 담장 밑 도랑 안이나 혹은 땔나무 더미 속에 숨어 있기로 약속하고 또 사람을 시켜 자세히 탐문하니 김중덕(金重德)을 포함해 80여 명이 각 민가에 따로따로 흩어져서 간통하고 있다고 하였다. 왕덕(王德)은 적확한 것으로 파악하고 이경(二更: 밤 9시부터 11시 사이)이 되자 일제히 함성을 지르며 드디어 민가를 향하여 갔다. 김중덕(金重德)은 마침 한 부녀자를 껴안은 채 자고 있다가 함성이 계속해서 들리자 뛰쳐나와 칼을 쥐고 말에 뛰어올라 달아나려고 했지만 괴롭게도 말안장이 없어서 말을 탔으나 오래 가지 않아 떨어지고 말았다. 왕덕(王德) 천총(千總: 把總의 오기)이 서둘러가서 제압하자, 부하들이 와서 그를 묶었다. 파총(把總) 후대(侯大)는 함성을 듣고 재빨리 침상에서 일어났지만 옷을 입지도 못한 채 왕덕의 부하들에게 발가벗은 채로 묶였다. 백총(百總) 왕금(王金)은 술에 취해 인사불성이 되어서 또한 붙잡혔다. 호두(號頭) 첨이(詹二)는 남의 집 침상 밑에 숨었지만 이 집에서 아내를 간음한 것에 원한을 품고 그를 붙잡아 묶어 왕덕(王德) 파총(把總)에게 바쳤다. 도망가거나 숨은 자를 제외하고 일시에 붙잡은 16명을 곧바로 모문룡 장군에게 압송하여 논공행상을 청하였다. 모문룡 장군이 극진히 왕덕(王德)에게 포상하니, 그 부하들도 이를 보고서 모두 열렬하게 스스로 공을 세우고자 하였다.

정월 초하루가 지나자, 사람들은 모문룡 장군을 알현하기 위해 방문하였고, 왕보(王甫)·이계성(李繼盛: 李惟盛의 오기)·진계성(陳繼盛)은 모두 소속 부대의 인마(人馬)들을 거느리고 각지로 깊이 들어가다가 적의 패잔 기병이든 적의 본대이든 상관하지 않고 만나기만 하면 곧장 베어 죽이며 들어갔다. 왕보(王甫)는 누르하치 군대의 두목을 붙잡았는데 태내(太柰)라고 불렀으며, 8명의 머리를 베었고 5명의 달자(韃子)를 붙잡았다. 이유성(李惟盛)은 4명의 머리를 베었고 11명의 달자를 붙잡았다. 진계성(陳繼盛)은 6명의 머리를 베었고 18명의 달자를 붙잡았다. 적의 상황을 탐색한 지 8,9일 동안 사람이 보이지 않자, 병사들을 철수하고 해산한 뒤 모문룡 장군을 만났다. 이때 모문룡 장군은 장수들이 베어온 수급(首級)들을 세세히 조사하고 또 붙잡혀 온 달자(韃子)들을 꼼꼼하게 살피니, 그 중에 15명은 여진족이었고 그 나머지는 모두 머리를 깎은 요동의 백성들이었다. 모문룡 장군이 여진족들은 가을까지 옥에 가두어 둔 채 풀어주기를 기다리게 하였고, 그 나머지 요동의 백성들은 가엾게 여겨 모두 보내어 섬에 있게 하면서 그들에게 토지를 주어 경작하도록 하였으며, 또 장관(將官: 장수)들에게 단단히 타일러 신정(新正)이라고 해서 방어하는 데에 조금도 해이하지 못하게 하였다.

의외로 누르하치의 부하 중에 그래도 우리가 대비하지 못한 곳을 쳐들어와 공격하려는 자가 있었다. 도사(都司) 장반(張盤)은 부하의 인원수가 적었기 때문에 복주(復州)가 이미 달자(韃子)에게 무너졌지만, 금주(金州) 또한 일찍이 관문을 쌓은 적이 없고 험준한 곳조차 없는데도 지켜야 했으니, 이곳 백성들을 모두 여순(旅順)으로 이주시켜 있게 하고 자기가 곧장 여순에서 방어하였다. 바로 정월 초이튿날에 10여 명의 발야(撥夜: 撥軍과 夜不收)가 숨을 헐떡이며 뛰어오는 것만 보이더니 말했다.

"달자(韃子)들이 왔소, 달자들이 왔소!"

장반(張盤) 도사가 말했다.

"몇 천 명이나 되느냐?"

발야(撥夜)가 말했다.

"그에 그치는 것이 아니라, 멀리 2,3리 되는 곳에 먼지가 자욱이 일어나는 것을 보니 적어도 1만 명이 됨직 합니다. 이미 금주(金州)에 도착하였으니, 지금은 남관보(南關堡)에 도착하였을 것입니다."

성 안의 백성들이 허둥대며 성 밖으로 나가려고 하자, 장반(張盤) 도사가 말했다.

"달아나려고 하지 마라, 앞에는 바다이니 어디로 달아날 수 있으랴! 설령 바다를 건너려고 하더라도 또한 지금 배가 없다. 모두가 이곳에서 살면 모두 함께 살고 죽으면 모두 함께 죽을 것이다."

부하 장수들에게 말했다.

"달자(韃子)들이 오면 먼저 북문을 공격할 것이니, 내가 북문을 지킬 것이다."

그러면서 형제인 장국위(張國威)에게는 동문을 지키도록, 파총(把總) 소진로(蕭振虜)에게는 서문을 지키도록, 천총(千總) 유정거(劉廷擧)에게는 남문을 지키도록 하고 창칼과 깃발 등도 바로 정연하게 배열하도록 분부하였다. 마침 달자(韃子)들이 벌 떼처럼 쫓아와 멀리서 성을 어리벙벙하게 보고 있었는데, 말 위에 단정히 앉은 자가 이러쿵저러쿵 하면서 성을 포위하라고 하였다. 장반(張盤) 도사는 눈이 맑고 손놀림이 정확하니, 단지 화살 하나로만 그를 넘어뜨려 말에서 떨어지게 하였다. 성을 지키던 병사들이 그것을 보고서 다 함께 함성을 지르며 화포, 화살 등을 일제히 어지러이 쏘아댔는데, 옆에서 협조하여 지키던 몇몇 백성들이 화포 쏠 줄도 화살을 쏠 줄도 몰라 단지 돌만 던졌지만 그래도 한둘의 인마(人馬)를 쓰러뜨렸다. 어지러이 하루가 지나서 적을 격퇴시켰는데, 이때 달병(㺄兵)들은 장반(張盤)이 굉장한 자임을 알고 그에게 습격당할까 두려워 곧장 퇴각해서 20리 밖에 진을 쳐 주둔하였다.

하룻밤이 지나자, 문득 한 사람이 말을 타고 성문 앞에 와서 소리치는 것이 보였다. 장반(張盤) 도사가 성 위에서 그에게 무엇 하러 왔는가 물으니, 그가 투항을 권유하러 왔다고 대답하였다. 장반 도사가 그의 말을 듣고 말했다.

"붙잡아 들여라!"

부하들이 쏜살같이 성을 내려갔는데, 문이 한번 열리자 50명 가량의 가정(家丁)들을 다그쳐 그를 붙잡아 오도록 하여 장반(張盤) 도사에게 바쳤다. 장반 도사가 말했다.

"이놈! 이렇게 소란을 일으키는 놈이 싸우려면 즉시 와서 나와 더불어 싸울 것이지, 나와 싸우지도 못하고 곧장 도망치다가 도리어 와서 투항을 권유하다니 내가 투항할 사람이더냐!"

그리고는 칼을 뽑아서 단칼에 베어버려 두 동강을 내고 그의 머리를 깃대 위에다 걸게 하였다. 그때 부하인 천총(千總) 왕국좌(王國佐)가 말했다.

"나리께서 달병(㺄兵)의 사람을 죽였으니, 그들이 어쨌든 올 것입니다. 성 안에 있는 화기(火器)로는 하루 동안 사용하기에도 부족하니, 어떻게 하든지 섬에 가서 구원하러 오길 요청하는 것이 바람직할 것입니다."

장반(張盤) 도사가 말했다.

"화기(火器)가 다 떨어져 간다는 것이냐?"

왕국좌(王國佐)가 말했다.

"바로 그러합니다."

장반 도사가 말했다.

"하는 수 없지! 내가 저들을 상대하여 지킬 수 없다면 다만 저들과 싸우는 수밖에 없다. 너희들은 두려워하지 마라."

그리고는 천총(千總) 고원휴(高元休)를 불러서 말했다.

"자네는 500명을 이끌고서 몰래 동문을 열어놓은 뒤 동산(東山) 속에 둔치고 있다가 성 안에서 포성이 들리거든 곧장 싸우러 들어오게."

또 장국위(張國威)를 불러서 말했다.

"너도 500명을 이끌고서 남산(南山)에 있다가 또한 포성이 들리거든 들어와서 싸워라."

그리고 소진로(蕭振虜)·유정거(劉廷擧)·진원좌(陳元佐)에게 분부하여 말했다.

"적들이 일단 성을 에워싸거든 자네들은 바로 포를 쏘라. 한번 우리 세 부대의 인마(人馬)가 적의 배후에서 공격해 오면 저들은 필시 몸을 돌려서 싸울 것이니, 성문을 나누어 싸우러 나오되 절대 그르침이 있어서는 안 된다!"

장반(張盤) 도사가 이렇게 분부하고 나서는 스스로 500명을 거느리고 또한 서문 밖으로 나가버렸다. 성 안의 백성들이 그의 형제가 모두 떠나가는 것을 보고 말했다.

"설마 장반(張盤) 나리께서 달자(韃子)들이 싸우러 온 것을 보았음에도 먼저 떠난 것은 아니겠지?"

이렇게 생각하며 매우 의심하였다. 저쪽에서 달자(韃子)들이 투항을 권유하러 간 사람이 피살된 것을 탐지하고 화가 몹시 나서 싸우러 왔는데 도착하자마자 곧 성을 포위하였다. 단지 성 안의 대포 소리만 크게 떨치는 것을 들리자, 달자(韃子)들도 오로지 저들은 성안에서 내뿜

는 총포에만 정신이 팔려 누가 사방의 산에서 일제히 포성이 날줄 알
았으랴. 남산의 우두머리인 장반(張盤) 도사가 말을 타고 칼을 들고서
당연히 제일 먼저 베러 왔고, 동산의 우두머리인 장국위(張國威)가 병
사들을 이끌고서 쇄도해 왔고, 서산의 우두머리 또한 왕국좌(王國佐)가
오랑캐의 포위망 뒤쪽에 있다가 닥치는 대로 죽였으니, 일찌감치 달
병(韃兵)들을 세 곳에서 돌파되어 버렸다. 달병(韃兵)들은 이미 허둥대
다가 겨우 몸을 돌려 성 밖의 병사들을 대적할 수 있었지만 저 성 안에
서 또 장반(張盤) 도사의 장령(將令)을 따라 각각 돌격해 나와 여섯 곳
에서 휘저어놓고 성 위에 있던 백성들까지도 함성을 지르며 서로 도와
주니, 달병(韃兵)들이 어떻게 버틸 수 있었을 것이며, 저 여섯 부대의
인마(人馬)에게 끔찍이 대패하였다. 곧장 10여 리를 추격하였는데, 이
쪽에서는 장반(張盤) 도사가 두 대의 대포를 설치해두고 군사들을 거
두어들였건만 달병(韃兵)들은 여전히 조금도 멈추지 않고 계속 달아났
다! 다치거나 도망하여 목숨을 구한 자와 화기(火器)에 맞아 죽었지만
그들이 끌고 간 자를 제외하고도 또한 머리를 벤 것이 40명이었다.
달병(韃兵)들이 도망하면서 당황하여 무기[器械]들을 버렸으니, 활 11
개, 화살 3,088개, 칼 8개, 갑옷 35벌, 달모(韃帽) 19개 등이었는데,
장반(張盤) 도사가 이를 모두 수습하여 성에 들여보냈다. 많은 군사들
을 위로하여 포상하면서 정문(呈文: 공문서)을 갖추어 모문룡 장군에게
보고하였고, 황제에게 제본(題本)으로 상주(上奏)되었다.

오랑캐들 모진 행패를 부리니	狂賊肆兇頑
백성들은 눈물이 비오듯 했네.	生民淚欲潸
천자의 군대 뜻밖의 틈을 타서	王師乘不意
적을 평정한 것이 삽시간이었네.	平賊片時間

전체적으로 보아, 12월 30일의 전투는 적들이 방비하지 않은 틈을 우리들이 엿본 것이고, 정월 2일의 전투는 우리들이 방비하지 않은 틈을 적들이 엿본 것이라 하겠다. 그러나 우리가 적들을 엿보았을 때는 그들의 방비가 소홀했었고, 적들이 우리를 엿보았을 때는 방비가 엄밀했었으니, 승세의 까닭은 모두 내게 달려 있는 것이다.

오랑캐를 습격하든 오랑캐를 막든 모두 뛰어난 공적을 보였으니, 바로 강한 장수의 부하 가운데에 약한 병사가 없다는 것이다.

제24회

황제의 은혜로 두 번이나 충성 기리는 칙유 내려지고,
소규모의 부대로 세 번이나 승전 소식을 아뢰다.
皇恩兩敕褒忠, 偏師三戰奏捷.

위대한 공적은 하늘의 뜻에 합당하고 | 偉績當天心
그 공적 높이 기림은 천자에서 나왔네. | 褒崇出玉音
휘황하기가 궁궐에 펼쳐진 비단 같고 | 輝煌宮禁錦
찬란하기가 천자 창고에 있는 금 같네. | 的爍尙方金
솜옷 껴입은 듯 은혜 어이 그리 두터웠고 | 挾纊恩何厚
옷 벗어 입혀준 은덕 어이 그리 깊었던가. | 解衣德更深
그 은택 입은 자들을 위해 말하노니 | 爲言蒙澤者
무엇으로 신하의 도리를 다 하련가. | 何以盡臣葳

신하는 나라를 다스림에 집안을 내맡기고 사실에 입각하여 나랏일
의 시비득실을 논하되, 부득이 군량미가 부족하면 군량을 재촉하고 군
수품이 모자라면 병기를 요구해야 한다. 큰 소리로 부르짖는 것으로
말하면, 예컨대 웅지강(熊芝岡: 熊廷弼)이 말한 것은 언쟁이 되지 않는
것이 하나도 없었으나, 웅지강은 이 때문에 죽게 되는 형벌이 있었다.
그러므로 우리는 일찍이 이에 대해 말한 적이 있다.

"망의(蟒衣: 官服)를 입고 대명문(大明門)을 나설 때 구경(九卿)들이 전
별(餞別)하여 보내는 날이 바로 웅지강(熊芝岡: 熊廷弼)이 죽는 날이며,
전쟁해야 한다느니 지켜야 한다느니 다투는 상소는 바로 바로 웅지강
을 죽이자는 상소일 것이다."

일신에 상을 내리는 것에 있어서는 또한 어찌 따질 것이 있겠으며, 다만 조정에서 호걸들을 고무하는 것이라면 또한 없어서는 안 될 것이고, 가령 그들의 한 점 외로운 충정을 항상 주상(主上)께 본보기가 되게 한다면 자연스레 국란에 달려가 전공을 세울 것이다.

누르하치[奴兒哈赤]는 비록 오랑캐 가운데 걸출한 자였지만 끝내 오랑캐의 성격을 벗어나지 못하고 그대로 지녔는데, 야전(野戰)에 능숙하여 홀연히 나타났다 사라지는 것이 나는 듯했고 굳게 지키는 것에 서툴러서 가벼이 버리고는 상관하지 않았지만, 오히려 나라를 저버리고 반란을 일으킨 백성들과 장수들은 그를 위해 굳게 지키다가 다시 부지런히 집을 그리는 것이 흡사 마구간에서 떨어지지 않으려는 말 같았다. 그래서 모문룡 장군은 누차 소굴을 공격하여 그를 견제하려 하였고, 그도 다만 노채(老寨)·새로운 요새인 요양(遼陽)만 관심을 두었을 뿐, 그 나머지 지방은 모두 방치하여 오랑캐 장수나 반란을 일으킨 장수들에게 거점으로 삼든 지키든 마음대로 하게 하였다. 모문룡 장군도 인하여 장수들을 보내 나누어 점거하도록 하되, 한편으로는 다만 적을 조망할 수 있는 곳에 군사를 주둔시키고, 한편으로는 말할 필요도 없이 실제로 회복하고 점거하여 지키도록 하였다. 모문룡 장군은 스스로 그 당시 병사 1만여 명을 데리고 피도(皮島)에 주둔하지 않고서 철산(鐵山)에 주둔하였는데, 참장(參將) 진계성(陳繼盛)·모승록(毛承祿)에게 각기 한 부대씩 유격병을 거느리고는 동쪽으로 창만(昌滿)을 호응하여 도와주고 서쪽으로 각 섬을 지원하도록 하였다. 동쪽 방면은 수영 유격(水營遊擊) 진대소(陳大韶)·이유동(李惟棟)·도사(都司) 진희순(陳希順)·이경선(李景先), 수비(守備) 방사영(方士英)·장대성(張大成)·설사유(薛四維)·전중선(錢中選)을 나누어 보내며 사선(沙船)·호선(唬船)·잔선(剗船)·요선(遼船) 등 모두 200여 척을 지휘하여 의주(義州)

에서 만포(滿浦)에 이르는 강가 일대의 요충지 관문을 분담해 지키도록 하였다. 수비(守備) 허좌요(許左堯)는 창성(昌城)을 지키고, 참장(參將) 이승혜(易承惠)·유격(遊擊) 곡승은(曲承恩)은 강을 건너 운두리(雲頭裡)를 분담해 지키고 삼분자(三坌子)를 차지해 지키게 하였다. 그리고 다시 기회를 살펴 양마전(亮馬佃)으로 나가서 우모채(牛毛寨) 방면으로 쳐들어가도록 하고, 유격(遊擊) 마응괴(馬應魁)가 서쪽 방면에서 호응하게 하였다. 도사(都司) 유무태(劉茂泰)는 광록도(廣鹿島)를 지키다가 곧장 요양(遼陽)을 침범하도록 하였으며, 참장(參將) 유가신(劉可伸)은 석성도(石城島)를 지키다가 해주(海州)와 개주(蓋州)를 엿보게 하였으며, 수비(守備) 정홍붕(程鴻鵬)은 장산도(長山島)를 지키다가 귀복보(歸服堡)를 취하게 하였으며, 참장(參將) 한복겸(韓伏謙)은 지원을 총괄하게 하였다. 북쪽 해안에 있어서 도사(都司) 정계괴(鄭繼魁)는 여순(旅順)의 삼산구(三山口)를 지키게 하였으며, 도사 장반(張盤)은 금주(金州)와 복주(復州)를 지키게 하였으며, 유격(遊擊) 장계선(張繼善)은 지원하는 배를 총괄하게 하였다. 중앙 방면에 있어서 유격 왕보(王甫)는 우가장(于家庄)을 지키게 하였으며, 참장(參將) 우경화(尤景和)는 진강(鎭江)을 지키게 하였다. 각자 자기의 관할 구역[汛地]을 지키면서 일이 없으면 땅을 개간해 경작[屯田]하고 위급한 변고가 있으면 전쟁에 나가 싸우도록 하였다. 그리고 또 각각 발군(撥軍: 정탐꾼)을 멀리 보내서 누르하치를 엿보도록 하였다.

별처럼 늘어선 여러 섬들 천험을 드리웠으니	星分列島天垂險
바다는 큰 물결 용솟음치고 땅은 정기 받았네.	海湧雄濤地效靈
다시 사람의 계책 빌려 승지가 되었으니	更藉人謀成絶勝
어찌 오랑캐 말이 동해의 물을 마시게 하랴.	肯容胡馬飲東溟

그리고 이어서 그림으로 하나의 지도를 완성하고 아울러 싸우거나 지키는 정황과 아울러 군량과 군수물자에 대한 제본(題本)을 갖추도록 하였다. 각 방면의 장관(將官)들은 각기 분수에 맞는 자리를 나누어 주니 저절로 심혈을 기울여 싸우든가 지키든가 하였는데, 큰 부대는 즉시 통지하여 알린 뒤 지원을 기다리도록 한 것을 제외하고 그 나머지 작은 부대는 스스로 군사를 거느리고 길을 막고 공격하도록 하였다. 광록도(廣鹿島)의 수장(守將: 수비 장수)은 곧바로 해주(海州) 지역으로 쳐들어가 누르하치의 군대를 역아령(力兒嶺)에서 대패시켰고, 복주(復州)의 수장(守將)은 누르하치의 군대를 골피욕(骨皮峪)에서 대패시켰으며, 창성(昌城)의 수장(守將)은 누르하치의 군대를 분수령(分水嶺)에서 대패시켰다. 세 곳에서 모두 오랑캐 450명의 머리를 베었고, 달적(韃賊) 10여 명과 간세(奸細: 첩자) 한문충(韓文忠)을 사로잡았으며, 말, 활, 칼, 창, 화살, 투구, 갑옷 등은 그 수를 헤아릴 수 없었다. 또한 운두리(雲頭裡)의 수장(守將)이 횡갱채(橫坑寨)와 암반발열채(諳班勃烈寨)로 깊이 쳐들어갔는데 각처에서 승리의 소식이 있었으며, 모두 726명의 머리를 베었다.

파골채(把骨寨)에서는 누르하치의 부하인 우록(牛鹿) 표패(豹敗)와 적한(赤漢, 원주: 표패의 동생)을 사로잡았고, 김태실(金台失)의 부하로서 누르하치에게 투항한 오랑캐 액기(額氣)를 사로잡았으며, 동양성(佟養性)의 가정(家丁: 친위 정예병) 아태(阿泰)와 조선인으로서 누르하치에게 투항한 탑신(搭信)을 사로잡았으며, 와아창(瓦兒搶) 여진족 태사(太奢)와 마가채(馬家寨) 여진족 이포뉴(夷包狃)를 사로잡았다.

분수령(分水嶺)에서는 누르하치의 부하인 천총(千總) 난대(煖代)를 사로잡았고, 점착(點着)·온망(溫望)·지소희(持小戲)·반대(潘大)·미려(彌黎) 등 부녀자 5명과 파무(把撫)·맹합리(猛哈唎)·마합(麻哈) 등 어린 오랑캐 3명과 중국의 배신자 김중덕(金重德)을 사로잡았다.

이들을 모두 압송하며 여러 차례의 제본(題本: 上奏文)에 매번 진계성(陳繼盛)·왕숭학(王崇學)·진희(陳希: 陳希順의 오기)·왕순(王順)·이월(李鉞)·시가달(時可達)·왕보(王輔: 王甫의 오기)·주가룡(朱家龍)·모승록(毛承祿)·허무원(許武元)·항선(項選)·이광(李鑛)·금화 생원(金華生員) 갈응정(葛應貞)·왕명경(王命卿)의 전공(戰功)을 아울러 적었다.

이때 누르하치는 모문룡 장군의 병력이 강성한 데다 또 불시에 그의 거점을 교란하였기 때문에 이영방(李永芳)과 서로 의논하여 모문룡 장군에게 투항을 권유하고자 하였다. 이에 이영방이 말했다.

"그가 진강(鎭江)과 거련(車輦)에 있었던 때와 같았던 그때의 상황이라면 그런대로 투항을 권유할 수 있지만, 지금처럼 그는 우리와 원수져 마음상한 것이 매우 깊은 데다 스스로 기반을 잡은 것도 안정적이니 어떻게 투항하려 하겠습니까?"

동양성(佟養性)이 말했다.

"그에게 천하를 똑같이 나누자고 속여서 그가 중국을 배반하여 의지할 곳이 없어지기를 기다렸다가 우리 마음대로 처치합시다."

이영방이 말했다.

"모문룡(毛文龍)도 호걸이거늘 투항하려 하지 않을 것 같고 속일 수도 없을 것입니다."

동양성이 말했다.

"속일 수 있으면 그만이고, 속일 수 없더라도 남조(南朝: 명나라)가 이를 알도록 하면 모문룡이 우리들과 서로 통한 것으로 의심할 것이니, 이것도 반간계(反間計: 이간책)라 할 수 있습니다."

이영방에게 말했다.

"당시 왕화정(王化貞)도 그대에게 서신을 보내온 적이 있다."

누르하치는 바로 동양성에게 병사들 중에 요양(遼陽)에서 모문룡 장군의 친척을 찾도록 하고, 또한 우록병(牛鹿兵) 아간(阿干)을 보내 누르하치와 이영방의 서신을 가지고서 모문룡 장군을 만나도록 하였다.

7월 1일, 발야(撥夜: 撥軍과 夜不收)가 도중에 보고를 올린 것이 곧바로 철산(鐵山)에 이르렀다. 이에 모문룡 장군은 크게 군대의 위용을 벌여놓고 아간(阿干)을 알현토록 하니 서신 2통을 바쳤다. 모문룡 장군이 사람을 시켜 편지를 뜯게 하니, 그 편지는 바로 누르하치의 편지였다.

대금국(大金國) 황제가 모문룡 대장군 휘하에 보내는 편지

예로부터 나라가 흥하고 망하는 것은 모두 하늘의 운수가 돌고 도는 것에 달렸기 때문이니, 나라가 망하려고 하면 반드시 재해와 이변이 자주 내려 각처에서 병란이 일어나며, 나라가 흥하려고 하면 반드시 하늘이 묵묵히 보호하는 가운데 출병해서 공을 세운다. 옛날 이윤(伊尹)은 하(夏)나라 운수가 다한 것을 보고서 하나라를 버리고 탕왕(湯王)에게 갔으며, 태공(太公: 강태공)은 상(商)나라 운수가 다한 것을 보고서 상나라를 버리고 주(周)나라로 갔다. 지금 들으니, 장군이 나에게 말하기를, "구태여 사람을 죽일 필요가 있는가? 만약 사람을 죽이지 않는다면 누구인들 귀순하지 않겠는가?" 하였다. 요동(遼東)은 원래 주왕(朱王: 명나라)의 백성인데 하늘이 마침내 나에게 주시니, 나는 매우 기뻐하여 백성도 불어나게 하고 군사도 불어나게 하면서 또한 돈과 양식도 많아지게 하였다. 그러므로 남쪽으로는 여순(旅順)에 이르고 북쪽으로는 개원(開原)에 이르며, 동쪽으로는 진강(鎭江)에 이르고 서쪽으로는 광녕(廣寧)에 이르기까지 모두 어루만져 양육하였다. 양육하기를 그치지 않았는데도 내가 임명한 관리와 각 관청의 차인(差人: 하급관리)들 죽이고 또한 간세(奸細: 첩자)들이 왕래하며 도망하기를 그만두지 않은 자도 있으니, 이는 그들이 스스로 죽음을 자초한 것이고 내가 죽인 것은 정당한 것이다. 더구나 이쪽에서 죽을힘을 다해 그쪽으로 간 백성을 장군은 편안히

쉽게 하지 않고서 마침내 잘잘못조차도 가리지 않은 채 모두 군대에 편입시켜 강제로 몰고 들어와 각처에서 죽이고 죽곤 하니, 이는 장군이 죽인 것으로 잘못한 것이다. 나는 원래 성의로써 나라를 새로 세웠기 때문에 동해로부터 각처 인민들이 모두 마음으로 기뻐하여 귀순해왔다. 또 남관(南關)과 북관(北關)의 올라회팔(兀喇廻扒)이 나와 대적하여 화살을 쏘고 칼로 베었으나 오히려 그를 죽이지 않고 사로잡아 잘 살도록 돌보았다. 어제 서로(西虜)의 대군을 정벌했지만 소득이 저절로 귀순해오는 것보다 많지 못하며, 지금도 끊임없이 귀순해오고 있으니 이 또한 어루만져 양육한다는 말을 듣고서 사모하여 오는 것이다. 만약 사람을 죽이고자 한다면 그들이 무엇 때문에 나에게 귀순해오겠는가. 본디 모 장군은 밝고 지혜로워 사리에 통달했다 하였는데 어찌 그다지도 어리석어 천시(天時)를 모르는가. 남조(南朝)는 운이 끝났지만 죽을 운수가 미처 다하지 않았으니, 어디에서인들 죽이고 죽고 하지 않겠느냐. 전지(滇池)의 안방언(安邦彦)과 사인(奢寅)이 안남(安南), 귀주(貴州), 운남(雲南), 광서(廣西), 추현(鄒縣), 등현(藤縣) 등지에서 사람을 죽이고 죽곤 한 것이 어찌 적었겠느냐. 이는 남조(南朝)가 망하는 때일러라. 하늘이 멸망케 하는데 장군이 어찌 구할 수 있으랴. 옛날 주(周)나라 운이 마침내 쇠해지자 공자(孔子)와 맹자(孟子) 같은 성인도 미처 능히 구하지 못하여 끝내 망하고야 말았다는 사실을 장군은 다 알 것이다. 좋은 새는 나무를 골라서 깃들고, 현명한 신하는 임금을 가려서 섬긴다 했으므로 한신(韓信)과 진평(陳平)은 초(楚)나라를 버리고 한(漢)나라로 투항했으며, 유정(劉整)과 여문환(呂文煥)은 송(宋)나라를 버리고 원(元)나라로 투항했으니, 이는 모두 천시(天時)를 마음속으로 알아차리고 임금을 가려서 섬겨 이름을 후세에 드리웠던 것이다. 사람이 이들을 충신이 아니라고 말한 적이 있던가. 예로부터 하늘이 낸 제왕(帝王)은 원수 같은 사이를 생각지 않고 다만 공덕만을 중시했다. 그러므로 관중(管仲)을 제환공(齊桓公)이 원수였지만 죽이지 않고 정승을 삼아 마침내 패업(霸業: 으뜸가는 업적)을 이루었고, 울지경덕(尉遲敬德)을 당태종(唐太宗)이 원수였지만 죽이지 않고 대장을 삼아 천하를 차지하였다. 지금 장군은 설사 힘을 다해서 나랏일을 맡을지라도 임금과

신하들이 사리에 어두워 도리어 재앙과 난리만 당할 뿐이니, 어디에서 잘 지낼 수 있겠는가. 남조(南朝)는 길흉화복의 운수가 이미 다하여 각처에서 군대가 일어나고, 또 병진년(1616)에 큰 바람이 불어 제방이 무너지고 나무가 뽑힌 데다 각 전각(殿閣)의 지붕 용마루 짐승[脊獸]까지 넘어졌으며, 무오년(1618)·기미년(1619)에 옥하(玉河)에서 혈수(血水)가 두 번이나 흘렀으니, 이는 바로 하늘이 장차 멸망시킬 조짐을 보인 것이리라. 하늘의 운수가 돌고 도는 것에 따라 어질고 현명한 사람은 자기 할 일을 고치는 법인데, 장군은 어찌 알지 못한단 말인가. 시국 형세가 이와 같으니, 고칠 기회를 놓치고 후회해도 미치지 못할 것이다. 동 부마(佟駙馬: 佟養性)와 유 장군(劉將軍: 劉愛塔)은 단신으로 와서 투항하였고, 이 부마(李駙馬: 李永芳)과 요동(遼東)·광녕(廣寧)의 여러 장수는 모두 진중에서 얻은 사람들이지만, 지금 다 높은 벼슬에 있으니 장군이 만약 귀순해 온다면 또한 다른 장수에 비유할 바가 아니다. 이해(利害)가 분명하니 장군은 잘 헤아리라.

천명(天命) 병인년(1626) 5월 20일.

또 한 통은 이영방(李永芳)의 서신이었으니, 이러하다.

이영방이 모문룡 장군의 휘하에 인사하오이다.

방(芳: 이영방)이 듣건대 총명한 자는 때를 알고 지혜로운 선비는 명리(名利)를 좇는다고 했으니, 고립되어 위태로운 땅에 결단코 자신을 두지 말며 반드시 공을 얻으려고 도모하지 마소서. 장군은 하늘이 내놓은 호걸로 칼 하나를 쥐고 동해(東海)에서 외로이 버티니, 그것은 나라를 위한 지성일 것이외다. 그러나 안개 자욱한 망망대해(茫茫大海)가 황성(皇城)과 멀리 떨어져 있으니 당국자들 대부분은 장군을 무용지물로 여겨 내버려두었고, 조정에 원조를 호소하지 않으면 군사들이 굶어서 주린 배가 더욱 가련하고 애타게 원조를 호소하면 당국자들이 끝내 마음에 새기고서 한을 맺어 물어뜯기를 생각하니 기꺼이 점잖게 용서하려고 하지 않소이다. 게다가 동쪽으로는 공궤(供饋: 음식을 바침)로 조선국[麗國]을 괴롭히고, 북쪽으로는 융마

(戎馬: 軍馬) 문제로 우리들과 원수가 되어 세 방면에 적을 만들었으니, 또한 위태롭지 않겠나이까. 그래도 한쪽 모퉁이에서 쌓은 공적을 알아주기를 바라나이까. 우리는 호걸을 모으는데 보잘것없는 내[이영방] 같은 자에게도 오히려 중임을 맡겨주셨지만 장군을 더욱 마음에 들어 하나이다. 만일 마음을 바꾸어 천하를 함께 도모하고자 하면 우리는 말을 달려 산해관(山海關)을 공격할 것이니, 장군은 배를 돌려서 등주(登州)나 천진(天津)을 향하되 남쪽으로 가려면 남쪽으로 돌아가고 북쪽으로 가려면 북쪽으로 돌아가서 홍구지약(鴻溝之約: 경계선 나눈 약속)을 절대 저버리지 말아야 하나이다. 그렇지 않으면 무기를 거두고 스스로를 지키며 앉아서 두 호랑이의 싸움을 구경하소서. 이것 또한 세 방면의 위험을 피하면서 천하를 삼분하는 공업을 이루는 것이외다. 그렇지 않으면 문신(文臣)의 눈치나 살피며 덧없는 생을 해약(海若: 바다의 신)에게 의지하나 군사들을 먹일 식량은 뇌물로 제공하기에도 부족한 데다, 비방하는 투서가 급보(急報)보다도 많으니 탄환 같은 섬도 또한 장군이 얻을 수 있는 것이 아닐까봐 염려되나이다. 삼가 고명한 분께서 재량하여 처리하소서.

모문룡 장군이 서찰을 다 보고나서 크게 노하여 말했다.

"저 누르하치가 감히 이와 같이 허튼소리를 한단 말이냐! 나 모문룡은 광녕(廣寧)을 떠나올 때부터 오직 죽음만 있을 뿐이란 것 알았지 항복이 있으리란 것을 알지 못했으며, 오직 누르하치를 멸하여 하동(河東)과 하서(河西)를 회복하는 것만 알았지 더구나 일신의 이익은 알지 못했다."

즉시 2통의 서신을 굳게 봉하고 상소문을 갖춘 뒤에 오랑캐 사자(使者)마저도 북경(北京)까지 압송하였으니, 이때의 형편을 쉽게 알 수 있다.

상소문이 이미 황도(皇都)에 도착한 뒤 황명을 받들었으니, 이러하다.

상주문(上奏文)을 보고 해상의 상황을 잘 알았도다. 싸우고 지키는 것 등의 일은 기회를 보아서 그에 따라 처리하되, 내부에 있는 자와 각진(各鎭)의 관련자와 상의하는 것은 무방하지만 단지 마음대로 사람들이 볼 수 있도록 봉하지 않은 상소문으로 전파하지는 말라. 군량을 사들일 은재(餉銀)가 긴급하니 성지(聖旨)에 따라 지급하도록 조치하고, 화기·갑옷·화약과 함께 천진(天津)에서 조세로 바친 양포(糧布)는 모두 신속하게 풀어 주되 도면을 그려놓아 두고 볼 수 있게 하라.

또 황제의 명이 있었으니, 이러하다.

모문룡은 고립된 군대로 바다 밖에서 자주 뛰어난 공적을 세운 데다 지난번에 반간책(反間策)을 따라하지 않았으니 벼슬을 올리고 포상하라. 이에 별도로 좌도독(左都督)을 더하여 우대하고 거듭 상으로 대홍망의(大紅蟒衣) 1습(襲: 벌)과 은(銀) 50냥을 내리도록 하라. 가함 참장(加銜參將)에 진계성(陳繼盛)·왕숭효(汪崇孝), 가함 유격(加銜遊擊)에 진희순(陳希順)·이월(李鉞)·시가달(時可達)·왕보(王甫)·주가룡(朱家龍)·모승록(毛承祿)·정룡(程龍), 가함 도사첨서(加銜都司僉書)에 허무원(許武元)·항선(項選)·이광(李鑛)·장거(張擧)를 각기 실직으로 제수하라. 참모(參謀)에 갈응정(葛應貞)·왕명경(王命卿)은 각기 제수하고 도사첨서(都司僉書) 직함을 더하라. 해부관(解俘官) 주세등(周世登)·소만량(蘇萬良)은 각기 실직으로 수비(守備)에 제수하라. 전사한 관군들은 조사하여 판명하고 두텁게 은혜를 베풀어라. 해마다 군량미를 보내되 반드시 각기 20만 석을 실제 수량을 주어라. 조정은 누르하치를 없애고 요동 회복하는 것을 중요하게 여기고, 모문룡은 더욱 무기를 갈고 기회를 보아 진격하여 공을 이루게 하라.

다음해 정월에 다시 황제의 칙유(勅諭)를 받으니, 이러하다.

평요 총병관(平遼總兵官) 도독 동지(都督同知) 모문룡(毛文龍)에게 하유(下諭)하노라. 근래에 등주(登州)와 내주(萊州)의 무신(撫臣)들이 그대가 보고한 누르하치의 정황을 짐(朕)에게 모두 아뢰었나니, 짐(朕)은 이미 추보(樞輔)인 총독(總督)과 순무사(巡撫使) 등에게 칙명(勅命)을 내려 경계와 방비를 하도록 단단히 타일렀었는데, 그대가 바다 밖에서 지원이 없는 고립된 군대로 특히 산해관(山海關)과 앞뒤에서 협조한 지 몇 년 동안 누르하치에게 아직 큰 손상을 입히지는 못했지만 자주 그의 기세를 꺾은 것은 실로 뛰어난 방략을 세워 승리로 이끈 그대의 공인지라 짐은 심히 가상히 여기노라. 이에 특별히 칙유를 내노라. 그대가 충의를 더욱 고무시키고 방략을 다 펼치며 널리 날랜 간자(間者)들로 탐문하고는 미리 적의 계획을 깨부수고 다방면으로 견제하여 누르하치로 하여금 두려워 뒤를 돌아보느라 감히 서쪽으로 넘보지 못하게 한 것은 오직 그대의 덕분이도다. 그대가 필요로 하는 무기는 이미 해부(該部: 兵部)에게 군량도 함께 대신들과 의논하여 지원하도록 했노라. 조선(朝鮮)은 형세가 서로 의지하고 본디부터 공순하다고 들었던 바라 이미 중외(中外)에 일렀는데, 청한 바에 따라 먼저 왕위 책봉을 허락하고 국사를 들어 행하도록 하였지만 아직도 특견사(特遣使)를 보내서 충성스럽고 근실함에 답하기를 요구하니, 그대는 짐(朕)의 뜻을 널리 알려서 그대와 더불어 마음을 같이하고 협력하여 사나운 누르하치를 제어하라. 전쟁이 일어난 지 몇 년이나 지났는지라 전쟁의 기략(機略)을 마땅히 살펴야 하나니, 그대와 문무관들은 정세를 헤아려 살피고 형편에 따라 적절하게 일을 처리하여 흉역(凶逆: 흉포하고 도리에 어긋남)한 무리들을 진멸(殄滅)하는데 힘써서 천벌을 시행하는데 돕도록 하라. 짐(朕)은 이수(異數: 특별한 대우)를 아끼지 않고 그대와 문무관들에게 보내노라. 공경하라, 이에 유시(諭示)하노라.

이때 나과신(羅科臣)이 상소하여 말했다.

"피를 마시고 오랑캐를 집어삼키고자 이 일려(一旅: 500명)의 군대를 통솔하였는데, 굶주린 군졸들이 바다에서 외로운 노로 견제한 전공이 많았으니 곡진하게 배려하여 고무하지 않으면 안 되나이다. 본래 병력이 변변찮은데도 편사(偏師: 소규모 부대)로 바다를 건너 한데서 지낸 것이 5년이었지만 많은 군량을 들이지 않았고, 출정한 장수들이 식량 한 톨도 먹지 않았는데, 참장(參將)·유격(遊擊)·수비(守備)·파총(把總)은 병부(兵部)의 차부(箚付: 공문)에 적혀 있는 이름뿐인 직책이기 때문에 성은(聖恩)이 이와 같이 넉넉하나이다."

장수와 병사를 구역마다 배치한 것은 크게 풍운조화(風雲造化)의 기진(奇陣: 기습전법)을 보여준 것이요, 누르하치의 거짓서찰을 황제께 삼가 올린 것에서 철석같은 정심(貞心: 절개를 굳게 지키는 마음)을 볼 수 있었다.

그리고 자신의 편지도 약간의 차이가 있을 뿐 이와 같이 올렸지만, 오히려 오랑캐와 통신한다는 무고를 면치 못하였으니 더욱 사람들로 하여금 양호(羊祜)와 육개(陸凱)를 생각하도록 하였다.

제25회

천신은 사악한 계략을 갑작스레 그치게 하고,
소낙비는 적의 계책을 죄다 부리지 못하게 하다.
天神頓息邪謀, 急雨盡消賊計.

바다 서쪽 끝에다 요새를 세우고 | 寨結海西頭
위엄 펼치니 역적 오랑캐가 근심하네. | 威行逆虜愁
계책 깊어 초인처럼 옷 속에 갑옷 입고 | 計深衷楚甲
명성 구함이 은밀하여 제나라 소를 부리네. | 奸秘役齊牛

단비가 내려 흉적의 화염을 꺼버리고 | 霖雨消凶燄
신출귀몰한 군대가 간사한 계획 부수네. | 神兵破詭謀
저 반복하여 속이려는 적을 비웃었으니 | 笑伊反覆子
부질없이 절로 실컷 오구검 휘두른 것이네. | 空自飽吳鉤

　군사를 거느려 통솔하는 자에게 지모와 용맹은 버릴 수 없는 것이다. 그러나 천행(天幸)이란 것도 있으니, 예컨대 제갈무후(諸葛武侯: 제갈량)가 사마의(司馬懿) 부자를 야곡(斜谷)에서 포위하여 불태워 죽이려고 했지만 뜻밖에도 불을 지르자 비가 내렸던 경우이다. 송(宋)나라 때는 원(元)나라 군대가 송나라를 멸하려고 전당강(錢塘江) 가에 주둔하였는데, 그 전당강에 조수(潮水)가 매일 두 차례씩 밀려올 때면 그 물살이 용솟음쳐 나무토막이 떠내려 오고 돌이 굴러오니 많은 사람들이 "원나라 군대가 지리(地利: 지리적 조건)를 알지 못하여 반드시 물에 떠내려갈 것이다."고 했지만, 유감스럽게도 3일 동안 비가 내리지 않아

원나라 군대는 아무런 탈이 없었던 경우이다. 그래서 일의 계획은 사람이 하지만 그 성패는 하늘에 달려 있다고 하는 까닭이다. 예전처럼 비가 갑자기 쏟아지거나 조수가 밀려오지 않은 것은 역도(逆徒)들을 도와준 하늘이지만, 철산(鐵山)에 있어서는 하늘이 순종하는 자를 도와준 것이다.

누르하치는 모문룡 장군에게 투항하도록 권유할 수 없게 된 데다 또한 우록(牛鹿)까지 잃었기 때문에 마음속으로 몹시 화가 나서 군사를 일으키려고 했으나 또 모문룡 장군의 깊은 책략이 두려웠다. 애초에 모문룡 장군이 진강(鎭江)에서 탈출하여 도망쳐 거련(車輦)에 있었을 때 누르하치가 군사를 일으켜 그를 공격하러 갔는데, 이때 주변에는 화기(火器)가 전혀 없었고 몇 만의 요동 백성을 얻었다고는 하지만 또한 전투를 알지 못하였다. 그러나 사람이 급해지면 제 살길을 찾는 법이니, 다행히 한겨울이여서 그는 사람을 시켜 가죽주머니로 물을 산꼭대기까지 운반해 아주 중요한 길목마다 모두 뿌려 얼게 하자, 하나의 빙산이 되었다. 달자(韃子)들이 이런 것들을 모르고서 말을 타고 뒤쫓아올라갔지만 모두 말굽이 미끄러워 넘어졌기 때문에 떨어져 죽은 사람이 허다하였고, 죽지 않은 사람이 있었더라도 또한 알지 못하고 멈추지 않은 채로 달려오던 말에 함부로 짓밟혀서 또다시 밟혀 죽은 자가 2,3천 명을 헤아렸다. 지금도 여전히 이 방법을 썼으니, 추운 겨울마다 누르하치가 반드시 지나가야 하는 길에 있는 험한 고개에 물을 뿌렸으나 그가 산 고개를 오르는 길에는 물을 뿌리지 않고 그가 내려가는 길에만 뿌렸던 것이다. 누르하치의 군대는 도중에 사람이 있지 않은 것을 보고서 조심하지 않고 고개를 내려갈 때 얼음을 밟아 한번 넘어지면 곧장 산 아래까지 굴러 떨어져 죽지 않을 수가 없었다. 또 중요한 길목에 구덩이를 움푹 파서 겉면에다 모래와 흙을 깔아 놓으면, 말이 지나가다가 연이어 군사와 말들이 곧바로 미끄러져 빠지고 그 뒤로도 빠지니 죽지 않더라도 다칠 수 있었다. 아니면 중요한 길목에 지뢰를 묻고 기계를 써서 도화선(導火線)을 부싯돌에 붙여놓으면, 달마(韃馬)들이 달려오다가 그 기괄(機括: 덫)을 밟아 우르릉 쾅쾅 불이 솟아나 도화선에 붙어서 지뢰가 절로 폭발하니 모문룡 장군을 두려워한 까닭이었다.

문득 보니 동양정(佟養正: 동양성의 오기)이 말했다.

"모문룡은 힘으로 대적하기가 어려울 뿐만 아니라 지혜로도 대적하기가 어렵습니다. 다만 생각해보자면 그가 철산(鐵山)에서 요동(遼東)의 백성들을 불러 모으지 않는 날이 없으니, 차라리 사람을 시켜 거짓으로 투항케 해 그 사람들 속에서 처리하게 하면 그를 제거할 수 있을 것입니다."

누르하치가 말했다.

"그 계략 지극히 묘하도다."

곧장 동양성(佟養性)의 명의(名義)로 가정(家丁) 왕시걸(王時傑)을 보냈는데, 왕시걸은 영리하게 처신하는 것으로 인하여 그가 차출되었던 것이다. 후한 상을 내렸을 뿐만 아니라 그에게 수백 냥의 은자(銀子)도 주어 요동의 사람들과 사귀도록 하였다. 또 단신이라서 모문룡 장군이 왕시걸을 의심할까 염려하여 그에게 가족 17명을 데리고서 도중에 난민(難民)들을 따라 도망쳐 철산(鐵山)에 들어가게 하였는데, 모문룡 장군은 그들 모두를 거두어 머물게 하고 자신의 마음을 미루어 조금도 의심하지 않았다.

세상인심 매우 부끄럽게도 도랑에 빠친 듯해　　覺世心殷愧納溝
불러들이기 위해서라면 어찌 회유라도 아끼랴.　　招徠豈肯惜懷柔

올빼미 성격 길들이기 어려움 누가 알겠는가만　　　　　誰知鴞性難馴狃
웃음 속엔 계책이 있고 어둠 속엔 꾀가 있네.　　　　　　笑裡機關暗裡謀

누가 알겠는가만 왕시걸(王時傑)이 섬 안에 있으면서 누르하치가 그에게 준 은자(銀子)로 그곳 유민과 투항한 오랑캐들을 사귀며 왕래하였다. 모문룡 장군의 휘하에 백유학(白維學)이라 불리는 달자 발군(韃子撥軍) 한 명이 있는데, 12명의 달자 발군과 더불어 모문룡 장군을 따라 섬에 들어갔던 자이다. 나중에는 모두 달아나 가버렸지만 유독 백유학만이 달아나지 않았는데, 그런 까닭으로 모문룡 장군이 그를 매우 후하게 대우하고 그에게 파총(把總)의 차부(箚付: 공문) 한 장을 주고서 발야(撥夜: 순찰)하는 인마(人馬)들을 전적으로 관리하도록 하였는데 사람이 온순하였다. 왕시걸(王時傑)은 그가 오랑캐이기 때문에 결국 마음이 이로운 것을 보면 도리를 잊을 것이고 사람됨도 온순하여 말로 그를 속일 수 있을 것으로 보았다. 게다가 모문룡 장군이 그와 가깝게 지내니 모문룡 장군의 기밀을 알아낼 수 있는 데다 더러는 중간에서 일을 도모할 수도 있기 때문에 그를 가까이하여 사귀고 왕래하였던 것이다. 또한 귀순한 백성들 가운데 무뢰배들을 사귀었으니 전근(錢謹)·모기(牟奇)·이신(耳新)이라 불리는 자들로 형제 일당을 삼았다.

어느 날, 백유학(白維學)이 초소에서 실수한 일로 인하여 모문룡 장군은 그를 혼내주려다가 그가 오래도록 따르고 부렸던 사람인 것을 생각하고 그만두었으나, 그는 도리어 마음속에 불만이 가득 찼다. 왕시걸(王時傑)이 일부러 그를 만나러 와서 말했다.

"너의 상관은 참 좋아서 순찰 나가는 인마(人馬)를 관리하게 해주고 담비[貂鼠]·인삼(人參)을 사람들이 일찍이 너에게 쥐어주니, 무슨 불쾌한 일이 있으랴."

백유학(白維學)이 불만을 말했다.

"부하가 실수한 일로 인하여 결박되어 맞을 뻔했다."

왕시걸(王時傑)이 말했다.

"저 모문룡 나리가 박정하네. 당시 따라갔던 사람들은 대부분 높은 관리들이었고 나머지가 너뿐이었는데, 오히려 너를 혼내주려고 하다니."

백유학이 말했다.

"바로 그러하다. 나와 함께 12명이 들어왔다가 11명이 도망갔지만 오로지 나만이 남았으니, 내 자신이 오래가지 못할 것으로 생각된다."

왕시걸이 말했다.

"이 노감(老憨: 누르하치를 지칭) 주변에 있는 한 우록(牛鹿)을 말하자면, 일찍이 모문룡 나리 쪽에서 발야(撥夜)를 한 적이 있지만 지금은 노감(老憨) 옆에 있으면서 몹시 총애를 받고 처자식과 같이 소가죽·말가죽으로 된 천막에서 아주 즐겁게 지낸다."

백유학이 말했다.

"그렇게 나의 집식구들이 가도 좋은가."

왕시걸이 말했다.

"네 혼자 가서 천막에 의탁하더라도 모름지기 사소한 공일망정 세워야 믿을 것이다. 그렇지 않으면 노감(老憨)께서 너를 간세(奸細: 첩자)로 여길 것이다."

두 사람이 상의하여 누르하치를 위해 공을 세우기로 한 뒤, 왕시걸이 말했다.

"노감(老憨)이 일찍이 나라 안에 있을 때 포상 규정을 정해 내걸었으니, 모문룡을 죽여 잡아오면 상으로 금자(金子) 3천 냥과 은자(銀子) 1만 냥을 주고 자손들은 우록(牛鹿)을 대대로 물려받을 것이며 또 상으로 부녀자와 소·양·말 등을 줄 것이라고 말했다. 그러니 모문룡 나리를 해치는 것이 이곳에서 하루의 부귀를 얻는 것보다 나을 것이다."

백유학이 말했다.

"어찌 그런 독한 짓을 하겠는가?"

왕시걸이 말했다.

"일을 처리할 때 독하지 않으면 돈이 가까이 오지 않는 법이다."

그리고는 왕시걸이 곧장 저의 형제 일당을 불러 모아 상의하니, 이신(耳新)이 말했다.

"지금 다만 백유학 형님이 힘만 써주면 되오. 형님이 장군부(將軍府)에 출입한 지 오래되었으니, 단지 그를 형님이 좋을 대로 찔러 죽여버리면 모문룡 나리는 그만이외다."

백유학이 말했다.

"나는 할 수 없다. 그의 수하에는 사람이 많다."

모기(牟奇)가 말했다.

"그것은 어렵지 않을 것이외다. 우리에게 따로 한 가지 계책이 있소이다. 형님이 장군부(將軍府)에 있은 지 오래 되어서 사람들은 모름지기 무심할 것이니 형님은 다만 장군부 안에 있는 화약고의 좌측에 숨어서 기다리고만 있으시오. 저와 왕시걸 형님이 형제들을 데리고 장군부의 문 밖에 잠복해 있고 전근(錢謹) 형님이 형제 몇 명을 데리고서 초료장(草料場)에 도착해 밤이 되기를 기다렸다가 불을 놓아 태우면, 모문룡 나리는 반드시 구하러 올 것이외다. 그가 만약 구하러 오면 장군부 안에 사람이 없을 것인데, 백유학 형님이 화약고에 불을 놓으면 모문룡 나리는 저절로 허둥대며 되돌아올 것이고 부하들도 이리저리 불을 끄느라 결국 안절부절못하며 혼란스러울 것이니, 저와 왕시걸 형님이 기회를 엿보고 쇄도해 나와 모문룡 나리를 벨 수 있을 것이외다. 그런 뒤에 몇 명의 형제들이 말을 가지고 왕시걸 형님의 가족을 보호하여 철산관(鐵山關) 입구에서 기다릴 것이고 다만 모문룡 나리의 머리를 얻은 때면 일제히 철산관 밖으로 뛰쳐나갈 것이니, 어찌 이것이 큰 공이 아니겠나이까. 설령 모문룡 나리를 죽이지 못하더라도 그의 화약을 불태우고 또 그의 군량과 건초도 불태워버리면, 군량과 건초가 없으니 군사들은 굶주려야 하고 화약이 없으니 누구도 공격할 수 없게 되는데, 이를 재빨리 노감(老憨)에게 통지하여 군대를 거느리고 철산을 공격하면 어찌 이것이 우리들의 공이 아니리이까."

기일을 약정하고 각자 흩어져 가서 조치를 하였다.

약정한 정월 23일이 되었는데, 모문룡 장군은 군대 안에 아무런 일이 없었기 때문에 스스로 편히 쉬었다. 이쪽에서 왕시걸(王時傑)은 빈틈없이 나누어 배치하였는데, 그 먼저 백유학(白維學)이 장군부(將軍府)에 들어왔다. 모문룡 장군의 부(府) 안에서는 모문룡 장군이 자신의 마음으로 미루어 사람을 대해주었는데, 무릇 거두어들인 투항 오랑캐들은 사람됨이 기민하고 용맹하여 관아 안에 남겨두고 방비하는데 사용하였기 때문에 백유학의 출입을 가로막는 사람이 없는 까닭이었다. 삼경(三更: 밤 11시부터 새벽 1시 사이)이 되자, 백유학은 마음이 움직여서 바삐 걸어 화약고에 도착하니 문득 화약고의 문 밖에 수십 명의 군사가 지키고 있는 것이 보였는데, 모두 그곳에서 잠이 깊이 들어 딱따기와 방울이 다 소리가 나지 않았다. 백유학은 만족하여 마음속에 기쁨이 가득 차서 한참 달리다가 화약고의 문 입구 위에서 소리가 울리는 것을 얼핏 듣고 머리를 들어 힐끗 보고 소스라치게 놀랐는데, 알고 본즉 신장(神將) 한 명이 면전에 서 있었다.

머리는 진홍색 두건으로 둘렀고 황금 화관(花冠)으로 단단히 쌌으며, 몸은 남색 전투복을 입었고 수놓은 띠[繡帶]가 하늘거렸다. 얼굴은 남색이었고 빛나는 두 눈동자는 푸른 하늘에 점점이 빛나는 새벽별 같았으며, 머리털은 불빛을 내뿜었고 붉은 색을 띤 눈썹은 붉은 노을 속에 빛나는 석양 같았다. 손에 낭아단봉(狼牙短棒)을 들고서 춤추며 몸에 팔자금패(八字金牌)를 걸쳤는데, 위엄으로 역귀(疫鬼)의 부서에 떨쳐 신병(神兵)을 통솔하고 직분으로 붉게 노을 진 하늘을 지키니 대사(大師)라 일컫는다.

신장(神將)이 낭아봉(狼牙棒) 하나를 쥐고 화약고의 문간 벽 위에서 여기저기 두드리고 있었는데, 놀란 백유학(白維學)이 땅바닥에 넘어지는 바람에 입으로 다만 황송합니다만 외칠 뿐이었고 부시[火刀]와 부싯돌[火石]은 온통 주변에 널브러졌다. 그곳을 지키고 있던 군사들이 사람의 이상한 소리를 들은 데다 또 주위의 벽 위에서 천둥같이 두드리는 소리를 듣고 깜짝 놀라 깨지 않는 자가 없었다. 눈이 희미한 상태에서 또 지금 신장(神將)이 저쪽에 서 있고 한 사람이 땅바닥에 소리치고 있는 것을 보고는 많은 사람들이 놀라 고함을 지르면서 일어나자, 그 신장은 천천히 구름을 타고 가버렸다. 이때 백유학은 아직도 "황송합니다, 황송합니다."라고 외쳤다. 사람들은 땅바닥에 넘어져 있는 그를 부축하여 일으키고 백유학임을 알았는데, 그는 놀라서 입가에 흰 거품이 흘러내리며 얼굴색이 진흙 같았다. 많은 사람들이 그가 무엇 때문에 이곳에 왔는지, 무슨 연고로 저 신인(神人)을 만났는지 물었으나 백유학이 말 한 마디도 하지 않아서, 사람들은 그를 부축하여 숙소까지 데려다 주고 쉬게 하였다.

이쪽에서 전근(錢謹)은 몰래 초료장(草料場)에 들어갔는데, 이 풀은 겨울에 거두어들인 것으로 정월 사이에 비가 오지 않아 바야흐로 바싹 말라 있었다. 전근(錢謹)이 말했다.

"지금 걱정할 필요 없다. 조금만 불을 댕기면 금방 불이 붙을 것이다."

그리고 곧 초황(硝黃) 등을 가지고 풀 주변으로 가 방화하고자 황망히 부싯돌을 꺼내어 양쪽에서 치자 불꽃이 일어나 인화물질에 불이 붙으니, 다만 풀들이 곧장 불타는 것만을 볼 뿐이었다.

불쏘시개로 들판 불붙이니 웅장한 기세로	蘊就燎原雄勢
능히 빛나고 빛나는 불빛 줄기 펼쳐지네.	能舒燦爛光芒
황성에서 보내와 쌓아놓은 것까지도 멋대로	縱叫京抵堆積
또한 한바탕 깨진 기와 조각돌 되고 말았네.	也爲瓦礫一場

처음에는 미미하게 불빛이 있다가 점점 하늘을 무너뜨릴 듯 우르르 쾅쾅 소리가 나더니, 뜻밖에 반짝이는 샛별과 이지러진 달이 여전히 맑은 하늘에 있었는데도 갑자기 천둥 치는 소리가 한 번 울리더니 큰 비가 억수같이 쏟아졌다.

바람이 불고 비가 내리는데, 세찬 빗줄기에 천둥까지 쳤다. 삽시간에 폭포가 비껴 뿌리는 듯했고, 순식간에 장강(長江)·황하(黃河)의 물을 거꾸로 쏟는 듯했다. 한 조각 외로운 섬에 흠뻑 내리니 후드득 떨어지는 빗방울일지라도 가리지 않았고, 빗물이 요란하게 흘러갈 때면 떠내려가는 것이 그치지 않았다. 한 눈에 보아도 냇물 같았고 바다 같았으니 나무가 떠내려가고 모래가 흘러내린 것이 몇 번이었으랴, 비록 맹렬한 불길이 하늘을 치솟았을지라도 일찌감치 사라졌고 타다 남은 잔불마저 아예 없애버렸다.

초료장(草料場)을 관리하는 자가 초료장에 불이 난 것을 보고 비 맞는 것을 무릅쓰고서 서둘러 왔는데, 얼핏 보니 전근(錢謹)과 대닐곱 명이 비가 세차게 쏟아지는 것을 보고는 흥이 말끔히 사라진 채로 여전히 그곳에서 '아!' 탄식하다가 뜻밖에도 사람들이 도착하자 분주히 풀 속에 바로 숨는 것이었다. 사람들이 그것을 보고 말했다.

"이곳에 방화한 놈이 있다. 이곳에 방화한 놈이 있다."

　의당 먼저 전근(錢謹)을 비틀어 꼼짝 못하게 해놓고, 풀 속에 숨어 있던 자들도 모두 찾아내고는 황망히 사람을 시켜 전하게 하였는데, 북을 쳐서 간세(奸細: 첩자)가 초료장(草料場)을 방화해 태우려고 했었다는 것을 알렸다.

　모문룡 장군이 이를 듣고 비가 세차게 쏟아져 사방에 불길이 없는 것을 보고서 이미 꺼졌음을 알고는 분부하여 말했다.

　"각 군영(軍營)은 함부로 행동하지 말라."

　또 순찰병들에게 철산(鐵山) 관문(關門)을 엄중하게 지키되, 사람을 관문 밖으로 내보내서도 안 되고 사람을 섬에 들여서도 안 된다는 명령을 전하였다. 이때 진계성(陳繼盛) 중군(中軍)도 또한 서둘러 병사를 보내어 장군부(將軍府)를 수호하게 하고, 사람들로 하여금 요해지를 지키게 하였다. 왕시걸(王時傑)은 속으로 끙끙 앓는 소리를 내며 관문 밖으로 도망가려고 했지만 또한 벗어날 수가 없었다. 날이 밝자 모문룡 장군은 공무를 보고 있는데, 초료장(草料場)을 관리하던 관원이 사람을 데리고 전근(錢謹) 등을 줄로 묶어 와서 말했다.

　"어젯밤 4경쯤에 이 간세(奸細: 첩자)들이 담장을 뛰어넘어 초료장에 들어가 군량과 건초(乾草)를 태우려고 했으나 이미 붙잡혔습니다."

　모문룡 장군이 그들을 끌고 오도록 해 물었을 때, 전근(錢謹)만 외쳤다.

　"빌어먹을!"

　모문룡 장군이 바로 그에게 동조자를 끝까지 캐물으려고 하였다. 마침 화약고 관리자가 아침에 일어나서 땅바닥에 부싯돌과 부시, 화약병 등이 버려져 있는 것을 보고 누군가가 들어와서 방화한 것을 알았지만 감히 숨기고 모문룡 장군에게 보고하지 않았다. 모문룡 장군이 말했다.

　"이 모두는 간세(奸細: 첩자)와 한 무리일터, 누구라도 붙잡은 적이 있느냐?"

"붙잡은 적이 없습니다."

모문룡 장군이 말했다.

"누구라도 저쪽에서 왕래한 적이 있느냐?"

화약고 관리자가 말했다.

"소인들은 모두 확실히 잠이 들었습니다. 꿈속에서 화약고의 문 위를 어떤 사람이 기계로 두드려 낸 천둥 같은 소리를 언뜻 듣고 놀라 깨어 보았을 때, 바로 푸른 얼굴에 붉은 머리털을 하고 남색 전투복에 붉은 두건을 쓴 귀신이 보였는데 낭아봉(狼牙棒) 한 자루를 쥐고 그쪽에서 치고 있었습니다. 땅바닥에 한 사람이 넘어져서 입으로 '황송합니다.'라며 외치고 있었는데, 소인들이 보았을 때 바로 달자 발야(韃子撥夜) 백유학(白維學)이었습니다. 소인들은 그를 부축하여 숙소로 되돌려 보냈는데, 이 외에는 온 사람이 없었습니다."

모문룡 장군이 말했다.

"틀림없이 온경(溫璟) 원수(元帥)가 나를 지키러 온 것이다."

그러면서 백유학을 붙들어오라고 하였다. 백유학은 이미 견디지 못할 정도로 놀랐다가 침대에 잠이 들었었는데, 그를 붙잡으려는 사람이 온 것을 보고 또한 벌써 놀라 거의 죽을 지경이었다. 붙잡혀온 뒤에 전근(錢謹)이 묶인 채로 저쪽에 있는 것을 보고서 다만 전근이 이미 자백했으리라고 여기고는 연거푸 머리를 조아리며 말했다.

"소인이 빌어먹을 놈입니다! 소인의 생각이 아니라, 모두 왕시걸(王時傑)이 주모하고 모기(牟奇)가 배치한 것입니다."

그에게 화약고 방화 등의 일을 묻자, 백유학(白維學)이 말했다.

"소인에게는 방화를 맡겼으나 한 신인(神人)을 보고서 놀라 쓰러져 그 일을 그만두었습니다."

모문룡 장군이 비로소 화약고 관리자의 말이 황당한 말이 아니라는 것을 믿고서 서둘러 백유학을 잡아가두고 그 일당들을 사로잡게 하였다. 그리고 백유학이 철산관(鐵山關) 주변에서 모두 모이기로 약속한 것을 알고서 급히 뒤쫓아 철산관에 이르러 그의 가족들을 포함하여 일제히 붙잡았다. 왕시걸(王時傑)을 심문하자 부득불 자백하였는데, 전근(錢謹)은 초료장(草料場)을 방화해 모문룡 장군을 장군부 밖으로 나오게 유인하여 기회를 엿보아 암살하도록 하고, 백유학은 장군부에 있으면서 화약고를 방화해 태우도록 한 사항 등이었다. 모문룡 장군이 말했다.

"내가 너희 귀순인들을 대하는데 야박하지 않았거늘 어찌 이런 생각을 낼 수 있단 말이냐?"

전근(錢謹)은 오직 왕시걸의 은밀한 계략 탓으로 전가하고, 왕시걸(王時傑)은 누르하치가 시켜서 왔다고 자백하였다. 모문룡 장군이 말했다.

"너희들은 원래 중국인이거늘 부득이 오랑캐에게 붙잡혔다고 하나 어찌 누르하치를 위해 나를 해칠 생각을 할 수 있단 말이냐?"

모기(牟奇)가 주모자이고 전근(錢謹) 등 네 사람이 초료장(草料場)에서 사로잡혔으니, 재차 심문할 필요가 없었다. 백유학은 오래전부터 알고 지내던 사람임을 돌이켜 생각해 죽이지 않았으며, 그 나머지 패거리들도 왕시걸에게 유혹된 것에 불과하고 그들의 본심이 아니었는지라 모두 죄상을 끝까지 캐묻지 않고는 각자에게 안심하고 생업에 힘을 다하도록 하였으며, 다만 왕시걸 등 6명만 머리를 베어 죽이도록 명을 내리고 군영(軍營)을 호령하여서 사람들을 경계한 뒤 왕시걸의 가속들을 죄다 공(功)이 있는 사람에게 상으로 주도록 하였다.

이 땅의 곡식 먹는 병졸 임금 은혜가 깊으니　　　食毛卒土主恩深
차마 오랑캐 누르하치를 위해 두 마음 품으랴.　　忍爲胡奴産二心
웃으며 간사한 모략 따랐으나 불길 그치니　　　　笑是奸謀隨焰熄
오직 도깨비불만 남아 음산을 비출 것이라.　　　獨餘鬼火照山陰

　모문룡 장군은 즉시 또 제수를 장만해 온경(溫瓊) 원수(元帥)에게 제사를 드렸으며, 이로부터 사람들은 모두 모문룡 장군의 충정을 하늘이 보호하고 있음을 알고서 다시는 감히 사악한 마음이 생기지 않았다. 그 후 천계(天啓) 7년(1627) 봄에 돌림병이 유행하였는데, 조선(朝鮮)에서는 많은 사람들이 이 병에 걸렸으며, 모문룡 장군의 군대에서는 한 터럭만치도 전염되지 않았다. 모문룡 장군은 온경(溫瓊) 원수(元帥)가 간세(奸細: 첩자)를 없앤 공적을 같이 서술하여 그 공적을 기리는 칙명(勅命)을 주청(奏請)하였는데, 이 일은 또한 나중에 있었던 일이다.

　온경(溫瓊) 원수(元帥)의 일이 있었는지 없었는지는 알 수 없다. 다만 주장(奏章: 상주문)에 드러난 것은 혹여 전단(田單)이 하찮은 존재를 높여 신인(神人) 스승으로 삼은 뜻일러니, 군중(軍中)에서는 주장(奏章)을 그르다고 여기지 않았다.

　투항자나 배신자를 받아들이는 것이 행운이면 철산(鐵山)의 모문룡이요, 불행이면 요양(遼陽)·심양(瀋陽)의 원숭환(袁崇煥)이니 삼가지 않을 수 있겠는가.

遼海丹忠錄 卷五

요해단충록 5

第二十一回 鐵山八路興師 烏雞連戰破敵

驪頷挹驪珠[1], 虎穴奪虎子。

奇功每向險中取, 馘斬樓蘭[2]豈難事。

長驅鐵騎東海頭, 旌旗獵獵翻淸秋。

腰間寶劍血猶滴, 陣雲[3]慘結單于愁。

解鞍痛飮黃龍府[4], 醉挽吳鉤[5]自起舞。

功成何必封萬戶, 拂衣歸臥桃花塢。

豈效韓彭[6]徒, 營營戀腐鼠[7]。

1　驪頷挹驪珠(이함읍이주): 驪龍之珠. 위험을 무릅쓰고 이득을 얻고자 함을 비유하는 말이다. 《莊子》〈雜篇列禦寇〉의 "무릇 천금같이 값비싼 구슬은, 반드시 아주 깊은 못 속에 있는 이룡의 턱 밑에나 있는 것이다.(夫千金之珠, 必在九重之淵, 而驪龍頷下.)"에서 나오는 말이다.

2　樓蘭(누란): 서역 지방에 있는 나라 이름. 漢나라 昭帝 때 누란의 왕이 한나라에 복종하지 않고 大宛國으로 가는 한나라의 사신을 자주 죽였는데, 傅介子가 사신으로 가서 누란의 왕을 죽여 奇功을 세웠다.

3　陣雲(진운): 戰陣처럼 진하게 밀집한 구름. 옛사람들은 이 구름을 전쟁의 조짐으로 여겼다.

4　痛飮黃龍府(통음황룡부): 奉天府의 開原縣. 遼가 발해를 칠 때 황룡이 나타났으므로 그렇게 이름한 것이라 한다. 宋나라 때 충신 岳飛가 金나라의 장수가 군사를 이끌고 투항하자 부하들에게 "곧장 黃龍府로 쳐들어가서 그대들과 함께 실컷 취하도록 마시고 싶을 뿐이다."라고 하였다.

5　吳鉤(오구): 칼끝이 활처럼 굽은 刀劍의 이름. 춘추시대 吳나라 사람이 이를 잘 만들었기 때문에 일컫는데, 허리에 차는 예리한 칼이다.

6　韓彭(한팽): 韓信과 彭越. 한신은 漢高祖를 도와 천하를 평정하여 張良·蕭何와 함께 三傑로 칭해졌는데, 뒤에 呂后와 太子를 습격하려다 오히려 여후의 속임수에 떨어져 목이 잘렸다. 팽월은 項羽를 섬기다 漢나라에 귀순하여 奇功을 세우고 梁王에 봉해졌는데, 한신의 죽음을 보고 두려워한 나머지 병력을 동원하여 자신을 보호하다가 高祖의 노여움을 사 마침내 효수되었다.

7　腐鼠(부서): 썩은 쥐. 사람들이 서로 먼저 차지하려고 안간힘을 쓰는 부귀와 공명 등

華亭鶴唳不可聞[8]，惆悵藏弓[9]淚如雨。

右《雜興》

昔韓信背水之陣，是置之死地而後生，蓋丈夫不持必死之心，也做不得無前之業。那怕事的道，是行險僥倖[10]，夫圖名覓利之倖不可僥，若是爲國忠君之險，不妨走。況走得險的，必竟是有機智膽力的人，他也看得事了然于胸中[11]，斷不把國事做孤注[12]，自然成功。說不得[13]一個楊經略[14]四路

─────────────

을 상징하는 말이다. 《莊子》〈秋水〉에 의하면, 남방에 鵷鶵라는 새가 있어 南海를 출발하여 北海로 날아갈 적에 오동나무가 아니면 쉬지 않고, 대나무 열매가 아니면 먹지 않으며, 단물이 나오는 샘이 아니면 마시지도 않는데, 이때 소리개는 썩은 쥐를 물고 있으면서 마침 그 위를 날아가는 원추를 보고는 제 썩은 쥐 빼앗길까봐 꿱 하고 으르대었다는 고사가 있다.

8 華亭鶴唳不可聞(화정학루불가문): 晉나라 문장가 陸機가 長沙王 乂를 토벌하러 갔다가 군대가 패하는 바람에 孟玖 등의 참소를 받아 軍中에서 처형당했는데, 죽을 때 "華亭의 학 울음소리를 듣고 싶다만 그 일이 어떻게 가능하겠는가.(欲聞華亭鶴唳, 可復得乎.)"라고 탄식한 데서 나오는 말. 華亭은 지금의 上海市 松江縣 서쪽에 있는데, 鶴의 산지로 유명하다.

9 藏弓(장궁): 활을 감춤. 자신의 재능을 숨긴다는 뜻이다. 韓信이 楚王에 봉해진 후 초왕이 모반한다는 어떤 사람의 참소를 입고 고조에게로 잡혀갔을 적에 그가 말하기를, "과연 옛사람의 말과 같구나. '교활한 토끼가 죽고 나면 훌륭한 사냥개가 삶아지고, 높이 나는 새가 다하면 좋은 활이 갈무리되고, 적국이 멸망하고 나면 모신이 죽게 된다.(狡兔死良狗烹, 高鳥盡良弓藏, 敵國破謀臣亡.)' 하더니."라고 탄식했던 데서 온 말이다.

10 行險僥倖(행험요행): 《中庸》 제14장의 "군자는 平易함에 居하여 天命을 기다리고, 小人은 위험한 것을 행하면서 요행을 바란다.(君子居易以俟命, 小人行險以僥倖.)"에서 나온 말.

11 了然于胸中(요연우흉중): 了然于心. 이미 마음속으로 생각한 바가 있음.

12 孤注(고주): 孤丁. 사태가 돌변하거나 어지럽게 뒤얽힌 것.

13 說不得(설부득): 말해서는 안 됨. 말할 것이 아님.

14 楊經略(양경략): 楊鎬(?~1629)를 가리킴. 명나라 말기의 장군. 1597년 정유재란 때 經略朝鮮軍務使가 되어 참전했다. 다음 해 울산에서 벌어진 島山城 전투에서 크게 패해 병사 2만을 잃었다. 이를 승리로 보고했다가 탄로나 거의 죽을 뻔하다가 대신들의 도움으로 목숨을 구하고 파직되었다. 1610년 遼東을 선무하는 일로 재기했지만 곧 사직하고 돌아갔다. 1618년 조정에서 그가 요동 방면의 지리를 잘 안다고 하여 兵部左侍郎겸 僉都御史로 임명해 요동을 경략하게 했다. 다음 해 四路의 군사들을 이끌고 後金을 공격했지만

壞事, 把搗巢一着, 竟做了絶響[15], 毛帥累戰累勝, 他已目中無奴酋了。況且部調江淮[16]浙直[17]南北各營兵有八千, 他挑選[18]簡練遼兵有三萬七千。這遼兵是與虜相近, 不怕風雨, 不怕飢寒, 正一干耐苦善戰人物。雖中朝接濟[19]三年, 據毛帥實收[20], 不過銀十一萬兩, 米二十萬石, 似不足支, 他却屯田[21]通商, 勉强支抵, 期于滅賊報效。遼東百姓, 自投來歸的多, 内中怕事仍留遼瀋的也不少。故毛帥麾下多有親戚, 留落遼陽[22]。毛帥遣去遼人探聽, 不怕沒人藏匿, 不怕不得眞情。

　九月終, 奴酋因毛帥有牛毛之兵, 回在老寨, 到十月復到遼陽, 與各夷官叛將商議, 要行叩關[23]。李永芳[24]道: "我憨得了河東, 又得河西一半, 家當[25]也好了。若苦苦要攻關, 倘一時進去不迭, 廣寧[26]一帶有西韃子來邀

대패하고, 杜松과 馬林, 劉綖 등의 三路가 함락되고, 겨우 李如栢의 군대만 남아 귀환했다. 그는 투옥되어 사형 선고를 받고 1629년 처형되었다.

15 絶響(절향): 재능이 더 이상 전하여지지 아니하게 됨을 개탄하여 이르는 말. 중국 晉나라 嵇康이 사형을 당하면서 마지막으로 거문고를 타며, 제가 죽으면 자기의 거문고 소리도 더는 울리지 못하게 될 것이라고 한탄했다는 데서 유래한다.

16 江淮(강회): 長江과 淮水 일대. 지금의 江蘇省과 安徽省 일대에 해당한다.

17 浙直(절직): 浙江과 直隸를 가리킴.

18 挑選(도선): 고름. 선택함.

19 接濟(접제): 구제함. 도움. 원조함.

20 實收(실수): 官庫에서 銀兩을 받고 발급한 영수증.

21 屯田(둔전): 아직 개간하지 않은 땅을 개척하여 경작하게 하고 여기에서 나오는 수확물의 일부를 지방 관청의 경비나 군대의 양식으로 쓰도록 한 밭. 군량을 현지에서 조달함으로써 군량운반의 수고를 덜고 국방을 충실히 수행하기 위한 것이다.

22 遼陽(요양): 중국 遼寧省 중부에 있는 지명.

23 叩關(고관): 관문을 열어 줄 것을 청함.

24 李永芳(이영방, ?~1634): 누르하치의 무순 공격 당시 투항한 명나라의 장수. 1618년 누르하치가 무순을 공격하자 곧장 후금에 투항하던 당시 명나라 유격이었는데, 누르하치는 투항에 대한 보답으로 그를 三等副將으로 삼고 일곱째아들인 아바타이(阿巴泰, abatai)의 딸과 혼인하게 하였다. 이후 그는 淸河·鐵嶺·遼陽·瀋陽 등지를 함락시킬 때 함께 종군하여 그 공으로 三等總兵官에 제수되었다. 1627년에는 아민(阿敏, amin)이 지휘하는 후금군이 조선을 공격한 정묘호란에도 종군하였는데, 전략 수립 과정에서 아민과 마찰을 빚어 '오랑캐(蠻奴)'라는 모욕을 당하기도 하였다. 그럼에도 불구하고 그는 佟養性과 함께 투항한 漢人에 대한 누르하치의 우대를 상징하는 인물로 자주 언급되었다.

截, 河東有南衛, 人心反覆, 老寨又有毛文龍[27]來窺探, 一遠去, 便顧不來, 莫要顧了兔兒走了狗." 佟養性[28]道: "我憨兵馬極精, 到處得勝. 看那山海[29]關, 一似彈紙般, 怕打不過[30]! 若過關, 搶了京城, 要這老寨做什麼!" 叛將柯汝棟道: "我憨若慮山海(關)兵多, 還有喜峰口[31]兵少的所在, 包你殺得進." 李永芳道: "只怕[32]也是易說難做. 佟養性, 我如今與你打一個賭賽[33], 打得關, 我輸, 我日後情願在你下; 打不來, 我贏, 你要居我下." 佟養性道: "俺賭得, 好歹[34]在閏十月搶去." 奴酋果然分付各王子, 與佟李兩個, 整兵往西.

此時毛帥差有一个千總陳國忠, 在遼陽打探, 假做收人參, 住在一個識熟徐靑家裡, 已是兩日, 聽得這消息, 慌忙要回, 還怕毛帥不信他到遼陽, 又問徐靑討了一個天命通寶[35]的夷錢, 星夜趕回, 具稟毛帥. 毛帥道: "佟

---

25 家當(가당): 家産. 한 집안의 재산.
26 廣寧(광녕): 중국 遼寧省 北鎭에 있는 지명.
27 毛文龍(모문룡, 1576~1629): 명나라 말기의 무장. 호는 振南. 1605년 무과에 급제, 처음에는 遼東의 총병관 李成梁 밑에서 유격이 되었다. 1621년 누르하치가 요동을 공략하자, 廣寧의 巡撫 王化貞를 휘하로 들어갔다. 뒤에 연안의 諸島를 자기편으로 끌어들이고, 조선과 교묘하게 손잡고 淸나라를 위협할 태세를 취하자, 左都督에 임명되었다. 그 뒤 전횡을 일삼다가 산해관 군문 袁崇煥에게 참살되었다.
28 佟養性(동양성): 명나라 말기의 여진인으로 명나라의 관직을 받았으나 이후에 건주여진으로 투항한 인물. 아버지를 따라 명나라에 투항하여 요동에 정착하였다. 1616년 누르하치가 後金을 건국하자, 그와 내통하였고 撫順을 함락하는 데 기여하였다. 누르하치가 종실의 여인을 아내로 주었으므로 어푸(額駙, efu) 칭호를 받았고 三等副將에 제수되었다. 1631년부터 귀순한 漢人에 대한 사무를 전적으로 관장하게 되었고 火器 주조를 감독한 공으로 암바 장긴(大將軍, amba janggin)이 되었다. 1632년 홍타이지가 차하르(察哈爾, cahar) 몽골을 공격할 때에 심양에 남아 수비하였는데, 이때 병으로 사망하였다.
29 山海關(산해관): 중국 河北省 북동쪽 끝, 渤海灣 연안에 있는 도시. 만리장성의 동쪽 끝에 있는 관문으로, 예로부터 군사 요충지이다.
30 打不過(타불과): 이길 수 없음. 이기지 못함.
31 喜峰口(희봉구): 중국 河北省 遷西縣 북구 연산산맥 중단에 위치한 곳. 만리장성의 중요 관문 중의 하나이다.
32 只怕(지파): 짐작컨대. 아마.
33 賭賽(도채): 승부를 겨룸.
34 好歹(호알): 어쨌든.

賊賭氣[36]往關, 必竟竭力攻打[37]。關上幸有孫閣老[38]經略, 兵還多, 不知喜峰口可也有人防守麼? 佟賊道進關可以棄老寨, 他如今不進關, 料撤不下老寨, 我且下老實[39]攬他一攬。" 忙傳令各處調兵。心中又想: '我向來在昌城[40]滿浦[41]亮馬佃[42]進兵。他這幾處, 必竟防我, 我且往不防我處去.' 卽忙分撥:

一路: 江淮營參將許日省, 督兵由于家莊進。

二路: 浙直營參將陳大韶, 督兵由水口城[43]進。

三路: 征東兵遊擊陳希順, 由方山進。

四路: 鎮江[44]遊擊尤景和, 由鎮江進。

五路: 寬奠[45]參將易從惠, 從寬奠進。

六路: 靉陽[46]遊擊曲承恩, 由靉陽進。

七路: 標下遊擊王(甫)・都司杜貴, 從鳳凰城進。

---

35 天命通寶(천명통보): 여진족의 족장 누르하치가 1616년 만주지역에서 大淸國을 건국하고 연호를 天命이라 하여 발행한 청나라 최초의 화폐.

36 賭氣(도기): (불만족스럽거나 꾸중을 듣거나 심사가 뒤틀려서) 토라짐. 삐침.

37 攻打(공타): 공격함.

38 孫閣老(손각로): 孫承宗(1563~1638)을 가리킴. 명나라 말기의 군사전략가. 1604년 진사급제. 명나라 천계연간의 內閣首輔 역임했다. 後金으로부터 산해관을 방어했다. 혁혁한 공로를 세워 兵部尙書, 太傅를 지냈다. 그러나 魏忠賢의 시기를 받아 벼슬을 그만두고 귀향했다. 1638년 고향인 高陽을 공격한 淸軍에 맞서 싸워 온 가족과 함께 殉死했다.

39 老實(노실): 실제로는.

40 昌城(창성): 평안북도 창성군의 군청 소재지.

41 滿浦(만포): 조선시대 평안도 江界都護府에 있던 압록강 가의 마을 이름.

42 亮馬佃(양마전): 遼寧省 寬甸縣의 동부 지역으로, 지금의 太平哨.

43 水口城(수구성): 평안북도 의주군 대화리에 있는 옛 성터.

44 鎮江(진강): 鎮江堡. 중국 遼寧省 丹東의 북동쪽에 있는 요새지.

45 寬奠(관전): 寬奠堡. 여진족의 침입을 방비하기 위하여 1573년 변장 李成梁에 의해 축조된 군사시설. 중국 遼寧省 丹東市 寬甸에 있었다.

46 靉陽(애양): 靉陽堡. 중국 遼寧省 鳳城縣 북쪽 128리에 있는 堡이다. 건주여진이 명나라를 공격할 때 주요한 공격 지점이 되었다.

俱限初四日抵烏雞關。 毛帥自帶了中軍陳繼盛[47]・毛承祿。 全軍自昌城過江, 共八路進兵。

兵分八路, 雄入九軍[48]。 紛紛戰艦, 激浪排空; 駣駣征騘, 驚塵撩日。 朱旗映, 緋霞耀晚; 皂纛舉, 墨霧迷天。 劍橫秋水, 人人思斬郅支[49]頭; 戟點朝霜, 箇箇欲染關支[50]血。 可是:

士皆燕趙[51]欣談劍, 將盡孫吳[52]喜論兵。

又行文各守島將官, 都出攻打旋城[53]・黃骨島・歸服堡・紅嘴堡, 沿海一帶地方, 以分勢。 初二毛帥發了兵, 初四日直抵烏雞關下寨。 各路官兵都到, 以次參謁。 毛帥道: "此地向來征討都未曾至, 奴酋必以我爲不諳地理, 不能設伏, 我當以伏勝之。" 喚過(道): "王甫, 你可帶領本部人馬, 伏在關左。 杜貴, 你可帶領本部(隊)人馬, 伏在關右。 只聽營中砲發, 出兵夾攻。" 兩個聽令去了, 又喚選鋒[54]遊擊馬應奎, 分付道: "前去烏雞二關, 止可步行, 不能馬行, 這不可輕進。 你統馬軍五百, 只將頭關木冊盡行拆去, 以

---

47 陳繼盛(진계성): 毛文龍의 부하. 부총병을 지냈으며, 모문룡이 죽은 뒤 남은 군사를 거느리고 가도에 주둔해 있다가 1630년 부하였던 劉興治에 의해 죽임을 당했다.

48 九軍(구군): 天子는 六軍이고 諸侯는 三軍인데, 이를 통틀어 일컫는 말.《莊子》〈德充符〉에 "용사 한 명이 구군을 뚫고 들어간다.(勇士一人雄於九軍.)"라고 하였다. 그러나 여기서는 누르하치의 대군을 일컫는 말로 쓰였다.

49 郅支(질지): 흉노족의 單于 가운데 한 사람. 漢元帝 때 한나라 사신을 죽이고 반항하다가 陳湯 등에 의해 斬殺당하였다.

50 關支(연지): 妻를 뜻하는 匈奴語. 여기서는 흉노를 가리킨다.

51 燕趙(연조): 고대 연나라와 조나라 지역에는 氣槪가 꺾이지 않고 慷慨하며 激昂하는 인물들이 많이 배출되었던 지역. 그 중에서도 특히 荊軻가 연나라의 개백장이나 筑을 연주하는 高漸離와 술집에서 어울려 비분강개한 노래를 부르면서 노닐다가 연나라 태자 丹을 위해 秦始皇을 찔러 죽이기 위해 자객으로 떠나간 고사가 유명하다.

52 孫吳(손오): 춘추시대 兵法의 대가였던 孫武와 吳起. 흔히 孫子와 吳子라 일컫는다.

53 旋城(선성): 旋城山. 遼寧省 英那河 유역에 있는 산.

54 選鋒(선봉): 선발 선봉대.

便退軍。一路[55]搖旗吶喊, 去打深河寨, 直待賊兵大至, 你便退兵。退出關來, 我自策應。" 分撥馬遊擊去後, 在關口札[56]一空營, 埋下火炮, 待他兵至施放, 自己率兵又離關十里下營, 以備策應。

這馬遊擊進了關, 帶了這五百馬兵, 直走將到深河寨, 却見一隊步哨韃子, 被他一窩蜂[57]趕去, 砍了三個。這些飛走口沿路飛報, 各山傳梆, 馬遊擊屯住不走。一日就看見奴酋大兵來了, 馬遊擊故意帶了這五百兵, 在他前邊, 一幌[58]就跑。這些達奴見人少可欺, 如何肯捨, 大隊趕來。那馬遊擊且是[59]跑得快, 早已跑出, 往空寨裡一鑽。奴兵見他進寨, 竟撲進營, 却一無所有。馬遊擊早已轉出營去, 一把火, 點起藥線[60]飛跑, 只聽營中一聲響, 鉛子一似冰雹飛上飛下, 打得這些奴兵沒處藏身。急撥馬[61]退時, 關左右炮聲齊響, 火鎗火炮鉛子弩箭, 一齊放, 截住歸路, 關前毛帥又率大軍來了, 奴兵料敵不得, 只在鎗炮中逃出性命。這邊將士一齊吶喊追趕, 整整[62]趕了十里, 還又放上許多炮驚他, 方纔收兵, 到關口會齊。

大將謀疑神鬼, 三軍勇類貔貅。
捷奏未央宮[63]裡, 石勒燕然山[64]頭。

隨即[65]起行, 到鎭駐札, 計點功次：毛承祿斬首二十六級, 尤景和斬首

---

55 一路(일로): 도중.
56 札(찰): 紮 또는 扎의 대용. 이하 동일하다.
57 一窩蜂(일와봉): 벌 떼처럼.
58 一幌(일황): 一晃. 순식간에. 눈 깜짝할 사이에.
59 且是(차시): 오히려. 그런데.
60 藥線(약선): 도화선. 심지.
61 撥馬(발마): 공무로 급히 가는 사람인 撥軍이 타는 驛馬를 가리킴.
62 整整(정정): 꼬박.
63 未央宮(미앙궁): 중국 西安에 있었던 漢高祖가 만든 궁전.
64 燕然山(연연산): 몽고 지방에 있는 산으로, 杭愛山이라고도 불림. 後漢 때 車騎將軍 竇憲이 南單于와 羌胡의 군사들을 거느리고 稽落山에서 北單于와 싸워 크게 승리한 뒤, 그 공적을 기리기 위해 燕然山에 비석을 세웠다.

三十三級, 鄭國雲斬首八級, 易承惠[66]斬首十一級, 陳繼盛斬首十三級, 時可達十一級, 王甫十六級, 許日省十七級, 陸武五級, 李惟盛八級, 張繼善三級, 共二百七十八級。毛帥都着紀功官盡行上冊, 候題, 又差撥夜[67]自鎮江至旋城‧黃骨島‧歸服堡‧紅嘴堡, 打探各島進兵消息。 却好[68]廣祿遊擊又來報捷。他自海口登岸, 直取歸服堡, 轉至駱駝山塔, 遇有守邊臺[69]達子三十餘名, 卽行追殺, 當陣斬獲三級, 其餘撥馬逃走。報至, 毛帥一體與他敘功[70]。

因島中乏餉, 無以充賞, 又題本請賞, 斬獲首級, 幷牛毛擒獲眞夷四名, 差官陳汝明解赴[71]督師[72]孫閣老, 督師又爲具題, 大略道:

文龍以孤劍臨豺狼[73]之穴, 飄泊於風濤波浪之中, 力能結屬國, 總離人, 且屯且戰, 以屢挫梟酋。且其志欲從臣之請, 牽其尾, 搗其巢。世人巽愞觀望, 惴惴於自守不能者, 獨以爲可擒也, 眞足以激發天下英雄之義膽, 頓令縮項斂足者愧死無地。臣讀其疏, 輒爲東向再酬, 隨眙金紵, 以見慰勞之意。又臣近有諜于東, 諜回, 具述文龍有諜, 爲賊所發, 而廣寧人鐵信, 其諜主也, 近亦逃來, 言其事, 則文龍之膽智, 無日不在賊巢之外。顧擾之

---

65 隨卽(수즉): 즉시. 곧.

66 易承惠(이승혜): 명나라 말기 都督 毛文龍 휘하의 參將.

67 撥夜(발야): 撥軍과 夜不收의 합칭어. 撥軍은 각 역참에 속하여 중요한 공문서를 교대 교대로 변방에 급히 전하던 군졸이며, 夜不收는 軍衆에서 정탐하는 일을 맡은 군사로 한밤중에 활동하기 때문에 이렇게 부른다.

68 却好(각호): 때마침. 공교롭게도.

69 邊臺(변대): 감시 초소.

70 敘功(서공): 공로를 치하하여 상을 내림.

71 解赴(해부): 압송함.

72 督師(독사): 병부상서로서 군을 지휘하는 자.

73 豺狼(시랑): 승냥이와 이리. 남을 해쳐서 자기를 살찌우는 자를 일컫는다. 또는 오랑캐를 일컫기도 한다. 《春秋左氏傳》閔公 원년에 "융적은 승냥이나 늑대와 같은 존재이니 욕심을 끝까지 채워 줄 수가 없고, 중국의 제후들은 친근하게 대해야 할 대상이니 포기하면 안 된다.(戎狄豺狼, 不可厭也, 諸夏親暱, 不可弃也.)"라는 말이 나온다.

而不能深, 則彼之堅自若; 數四擾之而不能入, 則我之計且窮, 是惟大兵相機而入, 方可殄殲。而文龍所請之餉, 尙未一有。夫邊人之相蒙[74]也, 上以實求之, 下常以虛應之。況予以虛着, 責之以實效, 上不能以虛爲實, 而下又何能以實應虛? 卽知文龍報功, 則疑其不實而亦喜, 乞餉則信其非虛而甚難, 此等擧動, 皆足以解天下之體, 而無以鼓動英雄任事之心。蓋鶻突[75]做事, 無有了期, 且有不可言者。臣謂登萊防南岸, 不防北岸, 東江[76]作虛應, 不作實應, 似密而疏, 似省而費, 如腠理有衷, 按之不入, 終不關痛癢, 究竟疎且爲漏, 費且不貴。伏乞皇上敕該部, 查照有功員役[77], 照例[78]陞賞, 其所請錢糧, 酌令給發[79]。責令登萊撫臣[80], 綜核[81]其事, 無曰功, 不必核其虛, 餉不必問其實, 令孤懸異域之臣, 捐身爲國。

　　大聲疾呼, 而不一應也。總之, 督師身處關上, 實見其功, 故能深知其苦。

　　八路出師, 烏雞連捷, 其中布置, 眞足以寒氊裘[82]之膽。

　　戰處煞合兵法, 非若他(人)排兒戲[83]之陣, 圖寫套口之埋伏, 狀胡說[84]之披掛[85]。

---

74 相蒙(상몽): 서로 속임.

75 鶻突(골돌): 모호함.

76 東江(동강): 皮島를 달리 지칭하는 말.

77 員役(원역): 벼슬아치 밑에서 일하는 구실아치로 서리의 하나를 이르던 말.

78 照例(조례): 관례에 따름.

79 給發(급발): 지급함.

80 撫臣(무신): 巡撫使를 달리 이르는 말.

81 綜核(종핵): 일의 본말을 종합하여 밝히는 것을 말함.

82 氊裘(전구): 북방의 유목민들이 입는 털가죽으로 만든 옷. 여기서는 여진족을 가리키는 것으로 후금을 지칭한다.

83 兒戲(아희): 아이들 장난. 전투력이 결핍된 군대의 미미한 성과를 뜻하는 말이다. 漢文帝가 軍律이 삼엄한 周亞夫의 細柳營을 시찰하고 나서, 그 전에 돌아보았던 霸上과 棘門의 陣營은 그저 아이들 장난과 같았다.(嗟乎! 此眞將軍矣, 曩者霸上棘門軍, 若兒戲耳.)고 술회한 고사에서 비롯된 것이다.

84 胡說(호설): 터무니없는 말을 함. 허튼소리를 함.

85 披掛(피괘): 무장함. 갑옷을 입음. 갑옷. 갑옷을 입고 전쟁터로 나감.

第二十二回 屬國變生肘腋 帥臣勢定輔車

強臣[1]昧在三, 鷸蚌鬪方酣。
骨肉且成敵, 分義應未諳。

正名乃迂說, 討逆幾空談。
是非孰與明, 欲按匣中鐔。

臣弑君, 子弑父[2], 天下大逆[3], 況殺其身, 據其位, 明明是簒, 百口怎解!
但夫子[4]不能去衛輒[5], 若到事勢去之不得, 還恐爲我害, 這也只得隱忍,
留他爲我用。當日朝鮮國李暉[6], 資毛帥土地, 也資他糧糧, 也不是箇背叛中

---

1 強臣(강신): 權臣. 세력이 강한 신하. 권력이 막강한 신하.
2 臣弑君, 子弑父(신시군, 자시부): 《禮記》〈檀弓下〉의 "신하가 임금을 시해하면 관에
  있는 사람들은 누구나 그를 죽이고 용서하지 말아야 한다. 아들이 자기 부친을 시해하면
  집에 있는 사람들은 누구나 그를 죽이고 용서하지 말아야 한다. 그리고 범인을 죽인 다음
  에는 그의 집을 허물고 그의 집터에 웅덩이를 파서 못을 만들어야 한다.(臣弑君, 凡在官
  者, 殺無赦. 子弑父, 凡在宮者, 殺無赦. 殺其人, 壞其室, 汚其宮而豬焉.)"에서 나오는 말.
3 大逆(대역): 왕권을 꾀하거나 왕을 배반하는 반역에 해당하는 범죄를 이르던 말.
4 夫子(부자): 孔子를 가리킴. 《論語》〈述而篇〉에 "염유가 가로대 '선생님께서 위나라 임
  금을 위하시랴?' 자공이 가로대 '그렇다. 내 장차 여쭤 보리라.'(冉有曰: '夫子爲衛君乎?'
  子貢曰'諾. 吾將問之.')"고 한 데서 인용된 글. 衛나라 사람들은 蒯聵는 아버지에게 죄를
  얻었고 輒은 嫡孫이므로 왕위에 서는 것이 당연하다고 여겼는데, 子貢은 공자가 '夫子不
  爲也'라고 하여 모두 돕지 않을 것임을 밝혔다고 한다.
5 衛輒(위첩): 衛나라 出公의 이름. 衛靈公의 태자 蒯聵의 아들이다. 괴외가 영공의 부
  인 南子의 음란함을 미워해 죽이려다가 영공에게 쫓겨나서 晉나라로 망명하였는데, 그
  후 영공이 죽고 輒이 서게 되자, 괴외가 진나라의 힘으로 환국하려 하니, 첩이 입국을
  거절하여 항전하였다.
6 李暉(이휘): 조선 제15대 왕 光海君(1575~1641)의 본명인 李琿의 오기. 宣祖의 둘째
  아들로 어머니는 恭嬪金氏이며, 妃는 판윤 柳自新의 딸이다. 임진왜란 이후 부국강병의
  기틀을 다졌다. 하지만 仁祖反正으로 폐위되었다.

國的。只因他有病，把國事託與侄兒李綜[7]，李綜憑着自己有謀勇，有異相，有不良之心，每與邊臣相結。天啓[8]二年正月，將他黨與[9]平山節度李貴[10]，召入王京防禦，到三月初九，約人在宮擧火，他把救火爲名，與李貴入宮，恰遇李暉慌慌張張[11]而來，指望他相救。不意李綜，竟將來一把拿住，攛入火中，幷他世子宮眷盡皆殺戮。

數年血戰走倭夷，仗義勤王數擧師。

變起蕭墻[12]嗟莫禦，故宮烟草日離離。

停了五六日，繼祖母王太妃[13]傳令，數李暉罪惡道："他嗣位來，失道悖

7　李綜(이종): 조선 제16대 왕 仁祖(1595~1649)의 본명인 李倧의 오기. 宣祖의 손자이고 아버지는 定遠君(1580~1619), 어머니는 仁獻王后(1578~1626)이며, 妃는 韓浚謙의 딸 仁烈王后, 繼妃는 趙昌元의 딸 莊烈王后이다. 1607년 綾陽都正에 봉해졌다가 후에 綾陽君으로 진봉되었다. 광해군 때의 중립정책을 지양하고 反金親明 정책을 썼다.

8　天啓(천계): 명나라 제15대 황제 熹宗 朱由校의 연호(1620~1627).

9　黨與(당여): 한편이 되는 黨類. 같은 편에 속하는 사람들.

10　李貴(이귀, 1557~1633): 仁祖反正의 공신. 1623년 3월 광해군 정권을 타도하는 인조반정이 일어났다. 정인홍, 이이첨 등 북인 세력의 핵심이 제거되고, 그 빈자리에는 이귀, 金瑬, 崔鳴吉 등 서인 공신들이 들어섰다. 선조대부터 서인 강경파로 활동하던 이귀는 광해군 정권 때 실의의 나날을 보냈으나, 인조반정으로 화려하게 정계에 복귀하였다.

11　慌慌張張(황황장장): 허겁지겁함.

12　變起蕭墻(변기소장): 釁起蕭墻. 蕭墻은 君臣이 회견하는 곳에 설치하는 병풍으로 집안을 가리키니, 틈이 蕭墻에서 일어났다는 것은 內部에서 발생하는 변란을 이르는 말. 여기서는 조정이나 임금 측근에서 일어나는 환난을 말한다. 《論語》〈季氏篇〉에 魯나라의 季氏가 附庸國인 顓臾를 치려 하자, 孔子는 "나는 季氏의 우환이 顓臾에 있지 않고 蕭墻 안에 있을까 두렵다.(吾恐季孫之憂, 不在顓臾而在蕭墻之內也.)"라고 한 데에서 연유된 말이다.

13　王太妃(왕태비): 王大妃. 여기서는 仁穆大妃를 가리킴. 조선 제14대 왕인 宣祖의 繼妃이다. 영돈녕부사 金悌男의 딸이다. 1600년 선조의 정비인 懿仁王后가 죽자, 1602년 왕비에 책봉되었다. 1606년에 永昌大君을 낳자 왕위계승을 둘러싼 문제가 발생했다. 柳永慶 등 小北은 당시 세자인 광해군이 서자이며 둘째 아들이라 하여 영창대군을 옹립하고, 大北은 광해군을 지지하여 당쟁이 확대되었다. 1608년 선조가 죽고 광해군이 즉위하자 대북이 정권을 잡았다. 1613년 李爾瞻 등이 반역죄를 씌워 영창대군을 폐서인시킨 뒤 죽였

德, 罔有紀極[14]。聽信讒言, 自生猜嫌, 不以予爲祖母, 戕害我父母, 虐殺我
孺子, 幽囚[15]困辱, 無復人理。彝倫滅絕, 禽獸一邦, 屢起大獄, 毒痛無辜。
先朝耆舊, 斥逐殆盡, 惟姻婭[16]婦寺[17]之徒, 是崇是信。政以賄成, 昏黑盈
朝。撤毀民家, 刱建兩宮, 土木之營, 十年未已, 賦役煩重, 誅求無已, 生民
塗炭, 嗷嗷度日。又復忘恩悖德, 罔畏天威, 督府東來, 義聲動人, 策臣不
誠, 未效同仇。神人之忿, 至此已極, 宗社之危, 有若綴旒[18]。何幸大小臣
工, 不謀而同, 合詞擧義, 咸以陵陽君綜, 仁聲夙着, 天命攸歸, 以今十三
日, 討平昏亂, 已定禍亂[19], 以嗣先王之後, 彝倫攸敘, 宗祀再安。"[20] 李綜就
即了位, 把一箇宿將[21]張曉[22], 做了總兵, 鎮守鴨綠一帶, 內戚[23]韓復遠[24],

으며 김제남도 사사시켰다. 1617년 削號 당하고 西宮에 유폐되었다가 1623년 인조반정으
로 復號되어 대왕대비가 되었다.

14 罔有紀極(망유기극): 기율에 어그러짐이 몹시 심함.

15 幽囚(유수): 감금함.

16 姻婭(인아): 사위 집 편의 사돈 및 동서 집 편의 사돈 등을 두루 일컬음.

17 婦寺(부시): 궁중에서 일을 보던 여자와 환관을 아울러 이르는 말.

18 綴旒(철류): 깃대에 달린 가느다란 술.

19 禍亂(화란): 位號의 오기.

20 《仁祖實錄》1권 1년 3월 14일조 7번째 기사임.《明實錄》天啓 3年 4月 戊子條에 "朝鮮
國王李琿 爲其侄李倧所簒 乃籍稱彼國王太妃 順臣民之心 以廢昏立明 令議政府左議攻朴弘
者等 移文總兵毛文龍 乞爲轉奏 其詞稱本年三月 內奉王太妃教旨謂光海君琿 自嗣位以來
失道悖德 罔有紀極 聽信讒言 自生猜隙 不以予爲母 戕害我父母虐殺 我孺子幽囚 困辱無復
人理 屢起大獄 毒連無辜 先朝耆舊斥 逐殆盡政 以賄成昏墨盈 朝賦繁役重民不堪命 不特此
也 我祖先 祗事天朝 殫竭誠悃 無敢或怠 而嗣王琿忘恩背德 罔畏天威 督府東來 義聲動人
策應不誠 未效同讎 神人之憤至此已極 何幸大小臣民不謀而同 合詞擧義 咸以陵陽君倧 仁
聲風著 天命攸歸 乃於今月十三日 討平昏亂 已定位號 以嗣先王之後 彝倫攸敘 宗社再安 咨
爾政府 備將事意具奏天朝 一面咨會督撫衙門以憑轉奏 朴弘者等亦言 琿失道悖德 委不可君
國子民 陵陽君倧乃昭敬王嫡孫 自少聰明仁孝 有非□之表王異之養于宮中 屬意重於諸孫 今
者人望 所歸王太妃 克順人情 俾承先諸 文龍揭報 登州巡撫袁可立上言 李琿襲爵外藩已十
五年于玆矣 倧卽係親派 則該國之臣也 君臣旣有定分冠履 豈容倒置卽琿果不道 亦宜聽大妃
具奏 待中國更置奚 至以臣簒君 以姪廢伯李倧之心 不但無琿 且無中國所當 聲罪致討 以振
王綱儻爲封疆多事 兵戈宜戢 亦宜遣使宣諭 播告彼 邦明正其罪 使彼中臣民 亟討簒逆之賊
復辟已廢之主 若果李倧迫于妃 命臣民樂以爲君 亦當令其退避待罪 朝廷徐頒赦罪之詔 令其
祗奉國 祀如國初所以待李成桂者此又不得己之權也"라고 실려 있다.

21 宿將(숙장): 경험이 풍부하고 노련한 장군.(老將)

做本國都總兵, 鎭守王京, 差人到平壤²⁵, 殺了那朴燁²⁶幷鄭邁²⁷。 數他元
年冬, 引奴酋釘遼人·謀毛帥之罪, 着議政府左議政朴弘等²⁸, 把這事一面
具疏, 一面咨會²⁹督撫, 申文³⁰毛帥, 稱陵陽君綜, 乃昭敬王³¹定遠君³²之第

---

22 張曉(장효): 張晩(1566~1629)의 오기. 선조, 광해군, 인조 시대에 걸쳐 활약한 문신이
자 장군. 仁祖反正이 성공한 10여일 후인 3월 25일에 다시 등용되어 八道都元帥로서 元帥
府를 平壤에 두고 있다가, 이듬해 李适의 난을 진압하여 振武功臣으로 輔國崇祿大夫에
오르고 玉城부원군에 봉해졌다. 우찬성을 거쳐 다시 병조판서가 되었으나 1627년 정묘호
란 때 적을 막지 못한 죄로 관작을 삭탈당하고 扶餘에 유배되었다가 前功으로 용서받고,
복관되었다. 그의 사위가 崔鳴吉이다.

23 內戚(내척): 임금의 총애를 받는 부인의 친척.

24 韓復遠(한복원): 미상. 인조반정 후 한성부윤 겸 좌포도대장으로서 한성부 치안을 담
당했던 인물은 李适이었다. 당시 후금 세력이 점점 커져 평안도 지방에서 분쟁이 잦아지
자, 이괄은 이를 수습할 장수로 발탁되어 도원수 張晩 휘하의 부원수 겸 평안도 병마절도
사가 되었다.

25 平壤(평양): 평안남도의 남서부, 대동강 하류에 있는 도시.

26 朴燁(박엽, 1570~1623): 조선 중기의 문신. 본관은 潘南, 자는 叔夜, 호는 藥窓. 광해
군 때 함경도병마절도사가 되어 광해군의 뜻에 따라 城池를 수축해 북변의 방비를 공고히
하였다. 그리고 황해도병마절도사를 거쳐 평안도관찰사가 되어 6년 동안 규율을 확립하
고 여진족의 동정을 잘 살펴 국방을 튼튼히 해 외침을 당하지 않았다. 그러나 1623년 인조
반정 뒤, 광해군 아래에서 深河의 役에 협력하고, 부인이 세자빈의 인척이라는 이유로
박엽을 두려워하는 훈신들에 의해 학정의 죄로 평양 임지에서 처형되었다.

27 鄭邁(정매): 鄭遵(1580~1623)의 오기. 조선 중기의 문신. 본관은 海州, 자는 行之.
鄭造의 동생이다. 1613년 계축옥사 및 폐모론 등에 대북파의 일원으로 가담하여 반대파를
제거하는 데 주동적 역할을 담당하였다. 교리·이조정랑 등을 거쳐 1621년에는 의주부윤으
로 있었고, 1623년 인조반정이 일어나자 광해군의 寵臣이었던 죄로 의주에서 誅殺되었다.

28 朴弘等(박홍등): 朴弘耈(1552~1624)의 오기. 조선 중기의 문신. 본관은 竹山, 초명은
朴弘老, 자는 應邵, 호는 梨湖. 아버지는 都正 朴蘭英이다. 1618년 우의정, 이듬해 좌의정
이 되어 侍藥廳都提調를 겸하였다. 이어서 판중추부사가 되었으나, 1623년 인조반정으로
삭직 당하였다. 이듬해 李适의 난 때 광해군을 태상왕으로 모시고 仁城君을 추대하려 한
다는 복위 음모와 관련, 역모죄로 賜死되었다.

29 咨會(자회): 咨文으로 照會하는 일. 공문조회.

30 申文(신문): 조선시대 대중국관계에서 관청 명의로 발급된 외교문서로 하급관청에서
상급관청에 보내는 上行文書. 중국 명·청대 하급관청에서 상급관청에 보내는 공문서의
일종으로 詳文이라 하기도 한다. 조·중 관계에서 관청 명의로 발급된 외교 문서로서의
신문의 형식은 자문과 유사하다. 자문이 구체적인 사건에 대해 의사전달 및 내용 파악이
주 내용인 반면, 신문은 대부분 왕위계승, 印章 요청과 같이 주청하는 내용이었다. 조선시

一子, 乞承襲。[33]

　毛帥想: ‘李綜力能弒一君, 豈不能挾一老孀婦, 聽他指使[34]? 況李暉罪矣, 其嗣何罪, 並行殺戮? 即以爲廢昏立明, 亦當白大妃廢之, 何爲殺之? 殺者李綜, 嗣位者李綜, 明是不殺, 李綜不得立, 這簒奪更何必言!’ 但皮島[35]依朝鮮爲輔車[36], 不無資籍[37], 朝鮮又地與奴連, 毛帥仗義執言, 正名討罪, 亦無不可。只是[38]李綜添設總兵, 已預防備, 若戰而勝, 已自疲兵力, 恐爲奴酋乘兩虎之弊; 戰而不勝, 李綜必與奴連, 各島必勢成岌岌, 豈可收討叛者虛名, 迫與(屬)國入于奴酋! 況他殺朴燁等, 以自白于中國, 還有箇可允從之機。隨爲他具揭登撫, 備述乞轉奏[39]之意, 且道: “鎭係武弁, 罔知可否。因據其臣民推代, 位分已定, 況今夷狄窃發之際, 東西多事之日, 鎭唯曲慰溫詞, 冀無意外之虞。雖然鎭居其東, 稍知始末, 今據來申, 合無揭報,

---

대 관청에서 발급한 왕위계승과 같이 중대한 사안을 다루었던 중요 외교문서의 하나였다.

31 昭敬王(소경왕): 宣祖의 시호.

32 定遠君(정원군): 仁祖의 아버지 李琈. 선조의 셋째 아들로, 어머니는 仁嬪金氏이다. 좌찬성 具思孟의 딸을 맞아, 인조 및 綾原大君·綾昌大君을 두었다. 1587년 定遠君에 봉해지고, 1604년 임진왜란 중 왕을 扈從하였던 공으로 扈聖功臣 2등에 봉하여졌다. 인조반정을 계기로 大院君이 되었다. 사후 1632년 元宗敬德仁憲靖穆章孝大王(약칭 원종)이라 묘호를 정하였으며 부인은 敬毅貞靖仁獻王后(약칭 인헌왕후)로 추존되었다.

33 反正 이후 仁祖 정권이 북경에 사신을 파견했을 때에도 주요 관료들이 인조반정에 대하여 상당히 부정적인 의견을 피력했다. 당시 명나라는 환관 魏忠賢을 중심으로 한 엄당과 절당 동림당의 당쟁이 치열했는데, 1624년 엄당이 실권을 장악하게 된다. 모문룡은 엄당의 장군이었다. 결국 인조 정권은 遼東 근해의 섬에 주둔하고 있던 毛文龍을 통하여 정권의 정당성을 인정받으려고 하였고, 책봉을 받는 조건으로 이전 光海君 정권이 거절하였던 屯田과 鹽田의 설치를 허락하여 주었다. 모문룡은 더 많은 것을 받아내려는 욕심 때문에 인조정권의 책봉노력을 적극 도와주었고 결국 인조는 책봉을 받는 데 성공한다.

34 指使(지사): 사주함. 교사함.

35 皮島(피도): 조선에서는 椵島라고 부름. 평안북도 鐵山郡 雲山面에 속하는 섬이다. 모문룡은 雲從島라 부르기도 하였다.

36 輔車(보거): 서로 밀접한 관계.

37 資籍(자적): 資藉의 오기. 의지함.

38 只是(지시): 그러나. 그런데.

39 轉奏(전주): 傳奏. 다른 사람을 대신하여 임금에게 아뢰어 전달함.

該否承襲, 得無僭越[40], 請乞上裁.」

揭至登撫, 袁可立[41]具疏, 請討復[42], 云:「倘爲封疆多事, 恐勞師害民, 當遣使宣勅布告彼邦, 明正其罪. 使彼中臣民, 知君不可易, 禮宜亟討篡逆之罪, 復立已廢之王. 若果李倧迫于妃命, 臣民歸心, 亦當退避[43]待命, 而後朝廷徐頒赦罪之詔, 令其祇奉國事.」督餉畢侍郎條陳, 不必議討者三, 不可遽封者三, 乞明旨責問李倧輸服[44], 或俟其進兵剿奴立功而許之. 游御史請于討賊之中, 神滅奴之用. 禮兵二部, 奉旨計議, 差官查明, 兵部欲行毛帥訪確回報, 明把事權[45]與毛帥, 有以制李倧, 使他感恩效用. 禮部一面移咨登撫, 一(面)札付毛帥, 聽其酌遣的當官員, 到彼詳加體訪, 取有該國臣民公本回覆, 限閏十月中復奏.

登撫委了箇加銜[46]遊擊李惟棟往朝鮮, 毛帥差中軍參將陳繼盛行查. 到地方會議, 只見朝鮮文職領中樞府事李光庭[47]三百十七員, 武職知訓練院

---

40 僭越(참월): 분수에 지나치는 행동을 함. 주제넘게 윗사람의 명의나 물건 등을 함부로 사용함.

41 袁可立(원가립, 1562~1633): 登萊의 巡撫. 유흥조가 명나라에 귀순하도록 하여 후금으로 분노케 하여 훗날 袁崇煥의 反間計의 원인을 조성하기도 하였다.

42 討復(토복): 오랑캐 후금을 쳐서 나라를 회복하는 것을 말함.

43 退避(퇴피): 벼슬이나 직책에서 물러나 피함.

44 輪服(수복): 패배를 인정함.

45 事權(사권): 직권.

46 加銜(가함): 옛날, 관원에게 본래의 관직보다 높은 명예 직위를 따로 주어 그 품격을 높이는 것.

47 李光庭(이광정, 1552~1629): 본관은 延安, 자는 德輝, 호는 海皐. 임진왜란이 일어나자 의주에 宣祖를 호종하였고, 이듬해 환도 후 接伴使 李德馨을 도와 실무를 담당하였다. 1597년 정유재란 때는 접반사로서 명나라의 부사였던 沈惟敬을 만나러 갔다. 명나라에서 돌아와 호조참판이 되어 軍餉을 정리하여 바로잡는 데 힘썼다. 공조참판을 거쳐, 1598년 접반사로서 명나라의 제독 麻貴를 따라 울산을 다녀왔다. 왜적을 물리치는 데 공헌했다. 1602년 예조판서를 거쳐 대사헌이 되었다. 이때 奏請使로서 仁穆大妃의 책봉에 대한 誥命을 받으러 명나라에 다녀왔다. 1621년 호조판서로 제수되었으나, 당시의 정치상황이 어지러운 것을 보고 병을 핑계로 관직에 나가지 않았다. 1623년 인조반정 후에는 공조·형조의 판서를 거쳐, 1626년에는 개성유수가 되었다. 이 때 그곳의 인심이 매우 이익을 탐하여 이를 개혁하는 일을 단행하다가 마찰이 생겨 해직당하고, 耆老所로 들어갔다. 1627

事李守一⁴⁸四百十四員, 會議具結。遂會議得:「人之所以爲人者, 以其有
人倫也。人倫滅絶, 而子不父其父, 臣不君其君, 則無復爲人之理, 而其違
禽獸不遠矣, 亦安能君國子民, 而保天子之寵命乎! 此廢君之所以自絶于
天⁴⁹, 而一國臣民之所以爲嗣君請命者也。 何意封典⁵⁰久稽⁵¹, 查命遼下,
擧國民情, 軮望⁵²遑遑。非不知朝廷之視我邦, 有同內服⁵³, 咨訪周詳, 乃
所以重其事也。但查以得實, 旣實何查, 必欲無已, 則亦觀于天命之去就,
人心之離合而已。 一則戕賊⁵⁴人倫而得罪于天, 一則扶植⁵⁵民彝⁵⁶而迓續
天命, 此二者不待辨說而明若觀火矣。

년 정묘호란 때 왕을 강화도로 호종하였다.

48 李守一(이수일, 1554~1632): 본관은 慶州, 자는 季純, 호는 隱庵. 1592년 임진왜란이
일어나자 의병을 일으켜 분전했으나 예천·용궁에서 패전하였다. 다음해 밀양부사로 승
진, 이어 경상좌도수군절도사에 발탁되고 왜적을 격퇴한 공으로 가선대부에 올랐다. 정
유재란이 일어나자 지역의 중요성을 감안한 도체찰사 李元翼의 요청으로 성주목사가 되
었으나 명령을 어겨 杖刑을 받고 종군하였다. 1599년 북도방어사가 되었다가 곧 북도병
마절도사로 자리를 옮겼다. 1611년 지중추부사로 지훈련포도대장·圜圄提調를 겸하였다.
1624년 李适이 반란을 일으키자 평안도병마절도사로 부원수를 겸해 길마재[鞍峴]에서 반
란군을 무찔러 서울을 수복한 공으로 武功臣 2등에 책록되고, 鷄林府院君에 봉해졌다.

49 自絶于天(자절우천):《書經》〈泰誓下〉에 周武王이 이르기를 "아, 우리 서토의 군자들
아. 하늘은 드러난 도가 있어 그 유가 밝은데, 지금 상왕 수가 오상을 업신여기며, 황음하
고 태만하여 공경하지 않아서 스스로 하늘을 끊고 백성들에게 원망을 맺고 있다. 아침에
물 건너는 사람의 정강이를 자르고, 어진 사람의 심장을 도려낸다.(嗚呼! 我西土君子. 天
有顯道, 厥類惟彰, 今商王受, 狎侮五常, 荒怠不敬, 自絶于天, 結怨于民. 斮朝涉之脛, 剖賢
人之心.)"라고 한 데서 온 말.

50 封典(봉전): 중국의 황제로부터 받는 건저·사위·책비·추숭 등의 封爵. 왕세자를 결
정하는 건저, 왕위 계승을 결정한 사위, 妃嬪을 책봉하는 책비, 왕위에 오르지 못하고
세상을 떠난 왕족에게 君號 수여를 하는 추숭의 일 등에서 중국 황제의 결재를 받았던
것이다. 이 밖에 새로운 왕이 등극할 때 왕으로 인정하고 관작을 수여하는 封爵과 賜衣라
는 봉전도 있었다.

51 久稽(구계): 오래도록 어긋남. 오래 지체됨.

52 軮望(앙망): 軮罔의 오기인 듯. 의뢰할 곳이 없음. 이하 동일하다.

53 內服(내복): 중국의 內地.

54 戕賊(장적): 손상시킴. 해침.

55 扶植(부식): 키워 줌. 지반을 닦고 세력을 뿌리박음.

56 民彝(민이): 사람이 지켜야 할 떳떳한 도리.

惟我昭敬王, 初無嫡嗣[57], 用庶子光海君爲後, 臨終末命[58], 勉以忠孝。
而襲位未幾, 背厥先訓, 不遵, 播棄黎老[59], 舊有任人[60]不庸, 乃惟讒夫孼臣,
是崇是長。逢惡嗜慾, 不一其途, 穢瀆之行, 傳播中外, 爵窠于賣, 刑亂于
鬻, 猶撤民廬舍, 增修宮苑, 築怨興傜, 迨無虛日。構獄立威, 箝制衆口, 淫
刑[61]炮烙, 法陛唯腥, 忠言逆耳, 輒加罪黜, 投畀[62]海裔[63], 冤死是快。嫌憤
敎戒, 積成猜憾, 幽母冷宮, 穴通飮食, 屠母之父[64]兄, 竄母之族黨, 甚至八
歲之兒, 奪之于母懷而殺之。其他顚覆典刑[65], 毒痛生靈, 不可枚數。而始
不以父心爲心, 終不以子道事母, 其于父子之倫何如也!

神宗皇帝[66], 臨御萬邦, 迄渝四紀。惟我東藩, 偏承寵綏, 逮于壬辰, 兵火

---

57 嫡嗣(적사): 본처가 낳은, 집안의 대를 이을 맏아들.

58 末命(말명): 임종할 때의 유언.

59 黎老(여로): 老人을 일컫는 말. 《國語》권19 〈吳語〉에 "지금 왕 吳王 夫差가 여로를
버리고 아이들을 가까이한다.(今王播棄黎老, 而近孩童焉.)"라고 보이는데, 註에 "복어 등
처럼 반점이 생긴 노인을 여로라 칭한다.(鮐背之耈稱黎老.)"라고 한 데서 나온 말이다.

60 任人(임인): 흉악한 마음을 가진 사람. 《書經》〈舜典〉에 "舜임금이 12牧에게 자문하여
말하기를 '먹을 것은 때를 놓치지 않는 데 달려있으니, 먼 곳은 회유하고 가까운 곳은
위무하며 덕 있는 사람을 후대하고 인후한 사람을 믿으며 간악한 사람을 막으면 오랑캐도
모여와 복종할 것이다.'(咨十有二牧曰: '食哉惟時, 柔遠能邇, 惇德允元, 而難任人, 蠻夷率
服.')"고 한 데서 나오는 말이다.

61 淫刑(음형): 부당한 형벌. 법을 벗어나 멋대로 형벌을 적용하는 것이다.

62 投畀(투계): 내던짐. 유배 보냄. 참소를 하다가 조정에서 버림받아 유배당한다는 말이
다. 《詩經》〈巷伯〉의 "저 참소하는 자들을 잡아다가, 승냥이와 범에게나 던져 주리라. 승
냥이나 범도 먹지 않으면, 저기 북녘 땅에 던져 주리라.(取彼讒人, 投畀豺虎. 豺虎不食,
投畀有北.)"고 한 데서 나오는 말이다.

63 海裔(해예): 바닷가.

64 母之父(모지부): 仁穆大妃의 부친 金悌男(1562~1613)을 가리킴. 본관은 延安, 자는
恭彦. 1602년 둘째딸이 선조의 계비(仁穆王后)로 뽑힘으로써 敦寧府都正이 되고, 왕비로
책봉되자 영돈녕부사에 延興府院君으로 봉해졌다. 1613년 李爾瞻 등에 의해 인목왕후 소
생인 永昌大君을 추대하려 했다는 공격을 받아 사사되었으나, 1616년에 폐모론이 일어나
면서 다시 부관참시 되었다. 1623년 인조반정 후에 관작이 복구되고 왕명으로 사당이 세
워졌다.

65 典刑(전형): 떳떳한 법.

66 神宗皇帝(신종황제): 중국 명나라 제13대 황제인 萬曆帝(1572~1620). 초기에는 張居
正을 등용하여 一條鞭法을 시행하는 등의 내정 개혁을 추진하여 '萬曆中興'이라고 불리는

最酷, 剪焉傾覆, 大邦是控, 十萬之衆, 前後暴露[67], 百萬之帑, 捐費靡惜。亨屯[68]濟難, 振扶[69]終始, 邦之克世, 如木有蘗, 今之生者, 死敵之孤也。先君當日, 嘗敎臣工曰: "皇上之恩, 生死肉骨[70], 雖使鐵輪旋于頂上, 有不敢辭," 言猶在耳, 孰不銘鏤!

廢君敢二天朝, 潛與虜和, 渾河之役[71], 陰持將臣, 輕泄師期, 忍使我王之爪士, 橫罹鋒鏑, 誅屠波血, 沸聲如雷[72], 劉喬[73]兩帥, 一時併命。擧國之人, 痛苦刺心, 廢君聞之, 恬莫之隱。宣川之警[74], 潛寇猝襲, 褊麾鏖死, 生將幾獲。邊吏引入, 其迹莫掩, 不懲厥罪, 猶獎其奸。至如死事陪臣[75], 賚

사회의 발전을 가져왔다. 하지만 장거정이 죽은 뒤 親政을 하면서 황제의 역할과 政務를 내팽개치는 '怠政'을 하여 明의 정치적 혼란을 가져와 멸망으로 이끌었다.

67 暴露(폭로): 밖에서 고생함. 객지에서 야영하며 풍우에 시달리는 것을 말한다.

68 亨屯(형둔): 막히고 어려운 것을 통하게 함.

69 振扶(진부): 振扶桑. 동녘바다를 진동함. 여기서 扶桑은 일본을 뜻하는 듯하다.

70 生死肉骨(생사육골): 매우 두터운 은혜를 극단적으로 표현한 말.《春秋左氏傳》昭公 25년에, 子子가 "만약 나에게 다시 군주를 섬길 수 있는 기회를 만들어준다면, 이른바 '죽은 사람을 되살려 백골에 새살이 돋게 하였다.'는 것입니다.(苟使意如得改事君, 所謂生死而肉骨也。)"라고 한 데서 나온 말이다.

71 渾河之役(혼하지역): 深河之役의 오기. 광해군 10년(1618)에 建州의 누르하치가 명나라의 撫順, 淸河 등의 堡를 침입하여 일으킨 전쟁. 이때 우리나라에서는 명나라의 구원 요청으로 인해 姜弘立을 五道都元帥로 삼고 金景瑞를 부원수로 삼아 군사 2만 명을 파견하여 구원하게 하였는데, 광해군 11년에 명나라의 提督 劉綖의 군사와 합류하여 적을 협격하였으나 富車의 싸움에서 대패한 뒤 강홍립이 후금에 투항하였다.

72 沸聲如雷(비성여뢰): 시끄럽게 떠드는 소리가 마치 우레 같다는 뜻. 사람의 울부짖는 소리가 우레와 같이 심하듯이 전쟁의 참상을 비유하는 말이다.

73 劉喬(유교): 명나라 都督 劉綖(?~1619)과 遊擊 喬一琦. 유정은 무공을 쌓아 四川副總兵이 되었다. 1592년 임진왜란이 일어나자 이듬해 병병 5천을 이끌고 참전하였다. 1597년 정유재란 때 남원에서 졌다는 소식이 전해지자, 배편으로 강화도를 거쳐 입국하였다. 전세를 확인한 뒤 돌아갔다가, 이듬해 提督漢土官兵禦倭總兵官이 되어 대군을 이끌고 와서 도와주었다. 曳橋에서 왜군에게 패전, 왜군이 철병한 뒤 귀국하였다. 1619년 조선·명나라 연합군이 後金 군사와 싸운 富車싸움 때 전사하였다. 그리고 교일기도 1619년 三河에서 後金과 싸우다가 전사하였다.

74 宣川之警(선천지경): 1621년에 명나라의 毛文龍이 요동 백성들을 거느리고 선천에 와서 머물러 있었는데, 후금의 군사들이 모문룡이 있는 곳을 비밀히 감지하고 병사 수천 명을 보내 몰래 강을 건너와 기습한 사건. 이 일로 인해 모문룡은 椵島로 쫓겨 들어갔다.

戰之金, 監軍御史[76], 犒軍之幣, 俱入內府, 終不俵給[77]。賊艮[78]涓尊, 以國
汗[79]取媚[80], 乞憐無所不至。自知負犯, 必欲掩惡, 王人在館, 另加遮護。徒
衆以衛之, 其實益禁; 豊賄以勞之, 其實防口。其他欺負天朝, 觀望成敗,
非一二計。而始不以父戒爲念, 終不以臣道事君, 其于君臣之倫, 果何如

---

75 死事陪臣(사사배신): 조선의 장수 金應河(1580~1619)를 가리킴. 본관은 安東, 자는
景義. 1618년 명나라가 후금을 칠 때 조선에 원병을 청해오자, 부원수 金景瑞의 휘하에
左營將으로 있다가 이듬해 2월 도원수 姜弘立을 따라 압록강을 건너 후금정벌에 나섰다.
그러나 명나라 군사가 대패하자, 3,000명의 휘하군사로 수만 명의 후금군을 맞아 고군분
투하다가 중과부적으로 패배하고 전사하였다. 이듬해 명나라 神宗은 용전분투하다가 장
렬한 죽음을 당한 데 대한 보답으로 특별히 조서를 내려 遼東伯에 봉하였으며, 처자에게
는 백금을 하사하였다.
76 監軍御史(감군어사): 梁之垣을 가리킴.《光海君日記》1621년 9월 22일조에 따르면,
登州 출신이고 별호는 丹崖로 1607년 진사가 되었고 1621년에 南路監軍에 임명되었다.
1622년 4월 18일조 2번째 기사에 의하면 그가 황제의 칙서를 가지고 조선에 파견되었으며,
칙서 내용도 상세히 알 수 있다. 곧, "하남 안찰 부사 梁之垣을 신칙하노라. 지금 奴酋가
순리를 범하매 天討가 바야흐로 펼쳐져 三方에 배치하여, 이미 登州와 萊州를 나누어 南路
로 삼고 특별히 명하여 그대를 南路監軍으로 삼는다. 一方의 군사들을 그대의 주관에 맡기
니, 칙서를 가지고 가서 朝鮮을 宣諭하고 그대가 도와 이루도록 하라. 여러 방면을 경영하
고 어루만지며 開諭하여 고무시키라. 그리하여 그들로 하여금 병사를 요해처에 머물게
하여 遼衆 가운데 도망해 숨는 자들을 벌주는 것을 돕게 하라. 그리고 일면으로는 덕을
펴 진휼하라. 이어 將官들을 감독하여 거느리고서 東土 일대의 항거하는 賊들과 良民들을
불러들여 그 가운데 정예로운 사람들을 뽑아 군대에 충원하여 함께 근거지를 지키라. 麗兵
에 대한 음식 등의 제공, 賞 및 軍中의 전錢糧, 器械 등의 항목은 모두 맑게 조사하여
명백하게 해당 撫院에 보고하여 총괄적으로 조사하게 하라. 그리고 소식을 때에 맞춰 통하
여 犄角을 이루도록 힘써, 大師가 다 모이기를 기다려 시기를 약속하고서 나아가 토벌하
라. 그대는 몸소 감독하여 조선을 고무시키도록 하라. 登州와 遼東의 장수들이 용맹을
떨치거나 적을 經滅시킨 일체의 공과는 하나하나 기록하여 처분을 기다리라. 전투와 수비
의 방략은 남로 邑鎭들이 회동하여 토의해서 해당 무원의 재가를 받아 행하고, 이어 經略의
통제를 따르라. 스스로 결정할 만한 일은, 멀리 閫外에 있으니 그대가 기미를 보아 일을
행하도록 허락한다. 그대는 이미 한 방면을 전담하여 책임이 더욱 무거우니 모름지기 마음
을 다하여 살펴 계획해서 일을 모아 공을 아뢰도록 하라. 그리하여 위임한 지극한 뜻에
부응하도록 하라. 그대는 삼가할지어다. 이에 신칙하노라.〈天啓 원년 8월 17일〉"이다.
77 俵給(표급): 나누어 줌.
78 艮(간): 良의 오기인 듯.
79 國汗(국한): 汗은 오랑캐 部族長의 칭호이니, 국한은 후금국의 우두머리를 가리킴.
80 取媚(취미): 아첨하는 일.

哉!

嗚呼! 父子君臣, 綱常之重, 窮天地·亘萬古[81], 而不泯。苟或一日得罪
于斯, 則匹夫匹婦猶不得保, 況爲千乘之君乎! 其神怒人怨, 衆叛親離, 而
自底滅亡, 理所必至, 無足怪者。所賴祖先舊業, 幸有攸托, 先君血肉, 莫
親于孫。惟我嗣君, 乃昭敬王第三子, 定遠君之長子也。聰明邁倫, 仁孝
出天, 先君撫愛, 夙加稱異, 隱隱昏朝, 令聞彌彰。天命人心, 默有所屬, 如
水就下, 莫之能禦[82]。耆老宿德, 忠臣義士, 大小軍民, 不謀同辭。乃于三
月十三日, 相率而拜迎昭敬王妃于幽閉之中, 恭承妃命, 俾之權署國事。
是其循至正之名, 而行大順[83]之擧, 回垂亡之運, 而纂幾絶之緒, 其所以表
著天心, 維持人紀, 日月重陽, 區域再造者, 揆諸往古, 則可以無歉, 垂之來
紀, 永世有辭。

今略言其初政, 則怡怡愉愉[84], 奉養慈老, 日勤三問, 友睦親命, 禮遇備
至, 有同家人, 存念廢君嬪御, 服食少無欠缺, 骨肉俱全, 共處畿邦[85]。反正
之夕, 都民揮涕。涖事之初, 卽將朴燁·鄭遵梟首境上。拮据糧餉, 以助海
鎭之餒。省才[86]貶用, 民隱[87]是恤, 興情感悅, 蒐兵索賊, 敵愾禦侮[88], 將士
厲氣。其他立綱陳紀, 興利除害, 次第修擧, 而風采有立變者矣。

夫何一種流言, 詿誤聽聞? 指如市之從者, 曰稱兵詣闕; 失火廊廡, 旋卽
撲滅者, 曰焚燒宮室; 承母后之明命, 從臣民之歸己者, 曰纂逆; 至于引用

---

81 窮天地, 亘萬古(궁천지, 궁만고): 韓愈의 〈伯夷頌〉에 "천지가 다하고 만세에 뻗치도
록.(窮天地, 亘萬世.)"이라고 한 데서 나오는 말.
82 莫之能禦(막지능어):《孟子》〈梁惠王章句 上〉의 "백성을 보호하고 왕 노릇하면 이것을
막을 자가 없습니다.(保民而王, 莫之能禦也.)"에서 나오는 말.
83 大順(대순):《道德經 上》제65장의 "으뜸가는 덕은 깊고 멀어서 현실과는 어긋나며
그 후에야 大順에 이르게 된다.(元德深矣遠矣, 與物反矣, 然後乃至大順.)"에서 나오는 말.
84 怡怡愉愉(이이유유): 기쁘고 즐거운 모양.
85 畿邦(기방): 임금이 직할하던 지역.
86 才(재): 財의 오기.
87 民隱(민은): 백성의 괴로움. 民生苦.
88 禦侮(어모): 외부의 침략을 막음. 침략에 항거함.

倭寇, 綁縛[89]投諸火之說, 尤不近理。又以不先稟命爲咎焉, 春秋之義, 內有所承, 然後上有所請, 次第之間, 理勢誠然, 凡此數語, 不待辨說, 而明矣。目今專价[90]赴訴, 朝議未准, 飇[91]程行李, 往復難期, 黠虜伺釁, 江冰已合, 事機之變, 急于呼吸, 未知此何等機會, 何等爻象, 而尚且遲疑不決, 悞大事乎! 伏願備將小邦群情, 亟奏朝廷, 速下冊命, 不勝幸甚!」

朝鮮陪臣[92]把這結具呈了毛帥, 毛帥又向原差官陳繼盛・李惟棟問了他情實, 大抵無異, 毛帥就將他公本一本・結狀[93]四紙, 與李惟棟回覆登撫, 使登撫具奏部覆, 請旨冊立。自此朝鮮感毛帥爲他請封之恩, 自然有急相顧, 再無携二三心, 可得安處鐵山[94]・可以安心滅奴了。

　　屬國凜天威, 馳封恩更巍。
　　敢辭相犄角[95], 共奏凱歌回。

若使毛帥是箇貪夫, 借此恐嚇, 有所需求[96]; 是箇憨夫, 欲要樹功, 出師吊伐[97], 至失朝廷字小[98]之體, 生屬國鞅望[99]之心, 或引奴寇東江, 或坐視觀

---

89 綁縛(방박): 밧줄로 꽁꽁 묶음.

90 專价(전개): 어떤 일을 전적으로 위임하여 보내는 使者.

91 飇(범): 帆. 돛단배. 범선.

92 陪臣(배신): 제후국의 신하를 일컫는 말로, 조선의 신하를 말함.

93 結狀(결장): 서약서.

94 鐵山(철산): 평안북도 서쪽 끝에 있는 지명.

95 犄角(의각): 사슴을 잡을 때에 뒤에서는 다리를 잡고 앞에서는 뿔을 잡는 것으로 引伸하여 군사를 양편으로 나누어 적을 挾攻하거나 앞뒤에서 견제하는 형세를 이르는 말.《春秋左氏傳》襄公 14년 조에 "비유하면 사슴을 잡을 적에 진나라 사람들은 뿔을 잡고 戎族들은 다리를 잡는 것과 같이 한다.(譬如捕鹿, 晉人角之, 諸戎掎之.)"라고 한 데서 나온 말이다.

96 需求(수구): 필요로 함. 요구.

97 吊伐(조벌): 고생하는 백성을 위로하고 죄 있는 통치자를 징벌함.

98 字小(자소): 대국이 소국을 보살펴 주는 것.《孟子》〈梁惠王章句 下〉交鄰章의 朱熹의 주석에 "天은 理일 뿐이다. 대국이 소국을 보살피는 것과 소국이 대국을 섬기는 것은 모두 理의 당연한 것이다.(天者, 理而已矣. 大之字小, 小之事大, 皆理之當然也.)"라고 한 데서

成敗, 不惟失了齒脣, 還怎爲意腹心, 能搗奴麼! 此雖廟算能固東江, 亦是毛帥能審時度勢。

朝鮮之役, 人謂朝廷以奧國[100]與毛鎭[101], 使感恩圖報, 爲毛鎭用, 不知乃毛鎭糜奧國歸朝廷, 俛首降心爲朝廷用。試問鎭江一線, 渺爲虜隔, 而大海茫茫, 朝使不接, 若非毛鎭枕其側, 何懼而請封, 何惜而不折入于奴? 今日朝鮮, 猶受羈縻[102], 猶繫虜內顧心者, 東江之烈也。(所)謂牽虜者, 非以制朝鮮哉!

朝中有創討之論[103]而不敢執者, 猶見群公之不迂。

나오는 말이다.

99 鞅望(앙망): 鞅罔의 오기인 듯.

100 奧國(오국): 屬國의 오기.

101 毛鎭(모진): 평안도 鐵山 앞바다의 椵島에 주둔한 명나라의 都督 毛文龍의 진영을 말함. 모문룡은 후금에 빼앗긴 요동을 탈환하기 위한 거점으로 삼는다는 명분 아래 1622년 가도로 들어가 주변의 木彌島 등을 아울러 東江鎭이라는 군사 거점을 만들었다. 하지만 부족한 식량을 감당하지 못한 가도에서 끊임없이 조선 정부에 물자를 요구하였고 더욱이 섬에서 나온 요동인들이 조선인을 약탈하는 등 문제가 심각해졌다.

102 羈縻(기미): 중국의 역대 왕조가 다른 민족에게 취한 간접 통치 정책. 중국의 夷狄에 대한 통제·회유책으로 주변 국가의 왕이나 세력을 중국에 조공하게 하여 관직을 수여하는 대신, 그에 상응한 경제적 보상을 하는 것을 말하였다. 중국은 羈縻政策을 통하여 천자로서의 권위와 변방의 안정을 확보하고자 한 것이었다.

103 創討之論(창토지론): 남이 작성한 외교문서의 초고를 다시 검토해 그 가부를 논의하는 것.

第二十三回 王千總臘夜擒胡 張都司奇兵拒敵

兵事貴權奇, 記緋衣[1]雪夜淮西[2]. 曳薪減竈[3]皆神略, 巧可窘愚, 智能詘勇, 今
古堪題.

幕府志吞夷, 散萬金羅網[4]熊羆[5]. 抒謀戮力忘艱阻, 溫禺[6]釁鼓[7], 呼韓[8]染鍔,

---

1 緋衣(비의): 唐宋 시대에 5품 이상 朝官의 복식. 唐敬宗이 裴度의 入朝 요청을 받아들
여서 요직인 司空과 재상의 실권을 가진 同平章事로 삼자, 당시 실세였던 李逢吉의 무리
들이 크게 두려워하였다. 그래서 우선 배도가 淮西節度使 吳元濟의 반란을 토벌한 공적을
찬미하는 謠言을 "緋衣小兒坦其腹 天上有口被驅逐"이라는 대구로 만들어 민간에 퍼뜨렸
다. 여기서 '緋衣'는 배도의 성인 '裴'를 나타내고, '腹'은 '肚'와 의미가 같은데, '肚'의 발
음은 다시 배도의 '度'와 같다. 따라서 이것은 배도가 '天上有口' 즉 '吳'씨를 쫓아냈다는
뜻이 된다. 그리고 長安城에는 동서로 길게 뻗어 있는 여섯 개의 언덕이 있었는데, 그
모양이 주역의 乾卦와 같았다. 그런데 배도의 저택이 우연히 다섯 번째 언덕에 있었는데,
그것이 배도가 九五之尊이 되리라는 조짐이라고 소문을 퍼뜨렸다. 張權輿가 드디어 경종
에게 "배도의 이름이 圖讖에 응험하고, 저택이 구오의 자리를 차지하고 있습니다. 부르지
도 않았는데 왔으니 그 뜻을 알 수 있습니다."라고 참소하였다. 그러나 경종은 당시 나이
가 어렸지만 그것이 무함임을 잘 알고 있었기에 배도에게 더욱 융숭하게 대하였다.
2 淮西(회서): 중국 河南城의 동남부, 安徽省의 북부 지역. 唐나라 憲宗 때에 이곳에서
吳元濟가 반란을 일으키자, 李愬가 큰 눈이 오는 한밤중에 군사를 인솔하고 큰눈을 맞으
며 70여 리를 몰래 쳐들어가 蔡에 당도하여 오원제를 묶었다는 고사가 있다. 李愬는 당나
라 成紀 사람으로 자는 元直, 시호는 武이다. 智略이 있고 말을 잘 타며 활을 잘 쏘았다.
吳元濟가 반란을 일으킬 때 이소는 節度使로서 그를 토벌하여 淮西를 평정하고 그 공으로
凉國公에 봉해졌으며, 여러 벼슬을 거쳐서 太子少保에 이르렀다. 한편, 당 헌종의 조정은
韓愈를 시켜 平淮西碑를 쓰게 하니 공로를 모두 裴度에게 돌렸다. 이것을 본 이소는 아내
가 공주의 딸임을 기화로 여겨 그 비가 사실과 다르다는 것을 대궐에 나아가 호소하게
했다. 그래서 段文昌에게 명하여 다시 지어 세우게 했는데 그 글이 아주 拙文이었다 한다.
3 減竈(감조): 전국시대의 齊나라 장수 孫臏이 魏나라를 쳐들어갔을 때 군사들에게 명
령하여 첫날에는 부엌을 10만을 만들게 하고, 다음날에는 5만을 만들게 하고 또 그 다음
날에는 2만을 만들게 하여, 추격하는 위나라 장수 龐涓이 부엌의 수를 세어 보고 제나라
군사 과반수가 도망한 것으로 착각하게 한 고사.
4 羅網(나망): 인재를 禮로써 선발 등용하는 것을 의미한다. 韓愈의 〈送溫造處士序〉에
"대부 오공이 부월을 갖고 하양 절도사로 부임한 지 석 달 만에 석생을 인재로 여기고
예를 그물로 삼아 그물질하여 자기 막하로 끌어들이고, 또 몇 달도 안 되어 온생을 인재로

淨掃妖魅。右調《青杏兒》

兵行[9]詭道[10]。詭者, 鬼也, 疑神疑鬼, 使人不測。能而示之不能, 用而示之不用, 近而示之遠, 遠而示之近。利而誘之, 亂而敗[11]之, 實而備之, 强而避之, 怒而撓之, 卑而驕之, 佚而勞之, 親而離之, 攻其無備, 出其不意[12], 皆可以勝。

毛帥先時屯據各島, 後來兵力漸足, 遼民歸附日多, 還有降夷, 土地不句[13], 因在鐵山‧云從島[14]開府。自鐵山至幹階[15]地方, 奴酋一渡烏龍江[16]可來, 却似與奴酋夾江而處, 都添兵防守。又先前十月, 守金州都司, 探聽得守復州中鹿哈必, 自己好酒好色, 搜索城中美婦, 恣意奸淫, 部下乘機搶掠, 不把守城在意。張都司初五日, 忙率本部, 又在歸順民內, 選出精勇五百, 連夜直走復州東南兩門, 將城外草房放火, 吶喊攻城。有選鋒軍士何志等,

---

여기고 이번에는 석생을 중개자로 삼고 다시 예를 그물로 삼아 또 그물질하여 자기 막하로 끌어들였다.(大夫烏公以鈇鉞, 鎭河陽之三月, 以石生爲才, 以禮爲羅, 羅而致之幕下, 未數月也, 以溫生爲才, 於是以石生爲媒, 以禮爲羅, 又羅而致之幕下。)"라고 한 데서 온 말이다.

5　熊羆(웅비): 사나운 곰. 용맹한 무사를 비유할 때 쓰는 말이다.

6　溫禺(온우): 흉노 왕의 이름.

7　釁鼓(흔고): 북에다 피 바름. 班固가 지은 〈燕然山銘〉에 "온우를 참수하여 북에 피 칠하고 시축의 피로 칼날을 더럽혔네.(斬溫禺以釁鼓, 血尸逐以染鍔。)"라고 한 데서 나오는 말이다. 尸逐은 흉노 왕의 이름이다.

8　呼韓(호한): 呼韓耶. 흉노 單于이다.

9　兵行(병행): 군사 행동. 전쟁을 이르는 말이다.

10　兵行詭道(병행궤도): 《孫子兵法》〈始計篇〉의 "전쟁은 일종의 속임수이다.(兵者詭道也。)"를 활용한 말.

11　敗(패): 取의 오기.

12　能而示之不能~出其不意(능이시지불능~출기불의): 《孫子兵法》〈始計篇〉에 나오는 구절.

13　句(구): 夠의 의미.

14　云從島(운종도): 雲從島. 평안북도 선천군 남면에 속하는 섬. 이 섬 중앙에 雲從山이 있으며, 지금은 身彌島라 이른다.

15　幹階(간계): 江界의 오기인 듯. 평안북도 북동부에 있었던 지명이다.

16　烏龍江(오룡강): 黑龍江. 回波에서 忽溫城 밖을 지나 北海로 들어가는 강.

奮勇扒城, 砍開城門, 張都司殺入。韃賊不知虛實[17], 不敢抵戰, 盡行逃走。
張都司安了民, 就在城中屯住, 分兵占據附近永寧各堡, 請兵恊守[18]。

只見到了十一月十九, 哈必帶了五千人馬, 要來復城。張都司見城中民
心未定, 恐不肯爲他防守, 韃衆我寡, 只可以智勝他, 就悄悄帶兵, 躱入南
山, 任他入城。這些韃子却又不入城, 且一齊去拆城。拆得困倦, 傍晚[19]纔
去安息。安息纔下, 張都司已分兵三百伏北門外, 分付道: "我兵攻城, 韃
兵必走自北門出來, 他兵衆, 不可邀截, 只是虛聲趕殺, 搶他馬匹器械。" 到
了三更, 一齊圍城, 吶喊放炮, 聲勢頗猛。哈必怕是合金州兵來, 不敢戀戰,
率衆逃走, 又被北門兵趕殺, 挤命遠去。張都司入城, 查點計斬他首級十
顆, 奪下弓五張, 箭二百三十三枝, 三眼鎗[20]二十枝, 大銃四位, 小銃二十
一位, 鎗九桿, 馬二疋。因無兵接濟, 又缺糧。打聽旅順[21]三山口[22], 有失風
漂沒糧船幾隻, 內中有米豆千餘石, 就率衆暫回三山口就食。

又得復州, 所以自鎭江至旋城·黃骨島·歸服堡·紅嘴堡·望海渦, 連
着金復, 都着人屯牧[23]出哨。到了十二月, 毛帥念是隆冬, 將士苦寒, 又逼
了年, 怕人心懈弛, 差人各處, 頒給犒賞, 行牌[24]各處, 用心防守, 遠遠出哨,
無至失事。這些將官, 那一箇不留心?

有一箇內丁把總王德, 領兵出哨, 聽得遼民一路紛紛的說: "韃子也罷,
你是我們同鄉土人, 怎閃得這樣臉出, 殺人奸人家婦女!" 王德悄悄着人去
問他時, 遼人罵道: "是反賊金遇河的侄子, 叫做甚金重德, 做了一箇守備,
去平鹿到任, 却又不去, 在東歸路口, 把這些過往的都來邀住, 搶了他包

---

17 虛實(허실): 내부 사정. 내막.
18 恊守(협수): 主將과 더불어 같이 一城을 지키는 것. 一城이나 一堡를 각기 지키는 것
은 守備라 한다.
19 傍晚(방만): 해질 무렵. 저녁 무렵.
20 三眼鎗(삼안찬): 三眼槍. 三發銃.
21 旅順(여순): 중국 遼寧省 요동반도의 남서단에 있는 항구도시.
22 三山口(삼산구): 三山海口. 지금의 大連을 가리킨다.
23 屯牧(둔목): 군대를 주둔시켜 진을 치고 있으면서 백성들을 먹여 살리는 것을 말함.
24 行牌(행패): 牌文을 보냄. 패문은 牌에 쓴 글이다.

裏。若與他爭, 便道你是要投南朝的麽, 都將來殺了, 好不砍得人多! 人家
婦人, 今日一箇, 明日一箇, 隨他撿去伏事[25]睡覺, 若不肯, 也是一刀。百姓
好不受害哩, 怎得天兵到, 砍這廝頭!" 王德聽了, 道: "這廝可惡! 明日是
臘月三十日, 他必竟分歲[26]喫酒兒, 待我去拿他."

延到次日, 約定了本隊人馬, 在東歸路遠近墻下溝中, 或是柴草中, 躱
了, 又差人探聽, 道他一起有八十多人, 分散在各民家奸宿。王德得了的
確, 二更天氣, 一聲喊, 竟奔民家。金重德正摟着一箇婦人睡, 聽得喊連連,
跑出拿得捍刀, 跳上馬就跑, 苦是沒鞍, 騎不牢跌下。王千總趕到按住, 衆
人將來綑了。一箇把總侯大, 聽得喊, 連忙[27]跳起床來, 扯不着衣服, 被衆
兵赤身綑了。一箇百總王金, 醉得不省人事, 也被捉拿。一箇號頭[28]詹二,
躱在人家床下, 這家子恨他奸了妻子, 將來縛送王把總。除逃的逃, 躱的
躱, 一時拿有十六箇, 便行解赴毛帥請功。毛帥極其獎賞他, 部下人見了,
也都踴躍要自效。

過得正月初一日, 衆人謁賀過毛帥, 王甫・李繼盛[29]・陳繼盛, 都帶了本
部人馬, 深入各地, 也不顧他零騎, 也不顧他大隊, 逢着就砍殺上去。王甫
拿得一箇奴酋的頭目, 叫做太奈, 斬得八箇首級, 拿得五箇韃子。李繼盛
斬了四箇首級, 拿得十一箇韃子。陳繼盛斬首六級, 拿得十八箇韃子。哨
探了八九日, 不見有人, 回兵解見毛帥。時毛帥將首級細細驗了, 又把拿
來韃子細審, 內中十五箇是眞夷, 其餘都是遼民剃頭的。毛帥將眞夷監
候[30]聽解, 其餘遼民, 憐他, 都發在島中, 着他種田, 還又申飭將官, 莫因新

---

25 伏事(복사): 服事. 섬김. 모심.
26 分歲(분세): 섣달 그믐날에 온 집안이 모여 私宴을 베풀던 일.
27 連忙(연망): 얼른. 급히. 재빨리.
28 號頭(호두): 명나라 군사체제의 한 직급.
29 李繼盛(이계성): 李惟盛의 오기. 이하 동일하다.
30 監候(감후): 가두어 둔 채 가을까지 기다렸다가 처형하는 것. 明淸時代에 사형언도를
받은 자를 옥에 감금하여 놓고 秋期의 再審이 끝날 때까지 형 집행을 연기하는 것이다.
斬監候와 絞監候의 두 종류가 있다.

正懈于防守。

不料這奴酋部下, 也有要來攻我不備的。都司張盤[31], 因部下人少, 復州已被韃子拆壞, 金州又不曾築得關, 沒箇險處, 可守, 把這些百姓都移在旅順, 自己就在旅順防守。正是正月初二, 只見十數箇撥夜, 跑得氣也沒, 道: "韃子來了, 韃子來了!" 張都司道: "有幾千?" 撥夜道: "不止, 望去有二三里塵頭, 少也有一萬。已到金州, 這時候[32]可到南關堡了。" 城中百姓慌張[33], 要行出城, 張都司道: "不要走, 前面是海, 走到那裏去! 便要過海, 也沒這船。大家[34]在這裏守, 活, 大家活, 死, 大家死!" 對衆將道: "韃子來, 先攻北門, 我守北門。" 分付兄弟張國威, 使守了東門, 一箇把總蕭振虜, 守了西門, 一箇千總劉廷擧, 守了南門, 刀鎗旗幟, 且是擺得齊整。恰好這些韃子, 一窩蜂[35]趕來, 望着城兒, 呆呆看, 一箇正坐在馬上, 指手劃腳[36], 叫圍城。這張都司眼兒淸, 手兒準, 只一箭, 把他攧下馬去。守城的見了, 一齊發起喊來, 炮的・箭的, 一齊亂發, 有些愶守百姓, 不會放炮射箭, 只把石子打, 却也打着一兩箇人馬。亂了一日, 退兵, 這韃兵曉得張盤是箇了得[37]的, 怕他劫營, 直退在二十里外下營[38]。

過了一夜, 只見却是一箇人, 騎着馬, 來叫門。張都司在城上問他是做甚的, 他道是來招降[39]。張都司聽了, 道: "抓進來!" 部下飛也是[40]下城, 門

---

31 張盤(장반): 명나라 말기 將領. 遼陽 사람. 모문룡의 부하 장수가 되어 鎭江을 회복하였고, 東江에 진영이 설치된 후에는 旅順을 지키며 방어전투에서 후금군을 물리치고 復州, 金州, 南關도 회복하였다. 1625년 南關 전투에서 적과 혈전을 벌였으나 내부의 반란으로 함정에 빠져 용감하게 싸우다 전사하였다.

32 這時候(저시후): 이때. 요즘. 요사이.

33 慌張(황장): 허둥댐.

34 大家(대가): 모두.

35 一窩蜂(일와봉): 벌 떼처럼.

36 指手劃腳(지수획각): 함부로 이래라저래라 하고 시킴.

37 了得(요득): 훌륭함. 굉장함.

38 下營(하영): 군대를 멈추고 진을 쳐서 주둔하는 것을 말함.

39 招降(초항): 투항을 권유함.

40 飛也是(비야시): 飛也似의 오기. 나는 것 같음. 매우 빠름.

一開, 趕五十來箇家丁[41], 抓着就走, 來見張都司。張都司道: "咄! 這干騷子, 要殺, 便來與張爺殺, 殺不過張爺便跑了去, 却來招降, 張爺可是降的!" 拔出刀來, 一砍兩斷, 叫把頭吊在旗竿上。其時部下一箇千總王國佐道: "爺殺了他的人, 他必竟來。城裡火器不句[42]一日用, 怎得島中去討來, 方好。" 張都司道: "火器將完了?" 王國佐道: "王[43]是。" 張都司道: "罷! 我如今不與他守, 只與他殺。不要慌。" 叫過一箇千總高元休來, 道: "你領五百人, 悄悄開了東門, 在東山裏屯着, 只聽城中炮響, 你便殺來。" 又叫過張國威, "你也帶五百人, 在南山, 也聽炮響來殺。" 又分付蕭振虜·劉廷擧·一箇陳元佐道: "賊一圍城, 你便放炮。一見我們三支人馬從賊背後殺來, 他畢定回身來殺, 你們也分門殺出來不可可懼!" 分付了, 自領五百兵, 也出西門去訖。城中百姓, 見他弟兄都去, 道: "莫不[44]張爺見韃子殺不過, 先去了?" 甚是疑心。那邊韃子, 探得招降人被殺, 氣噴噴殺來, 一到便把城圍。只聽城中炮聲大振, 韃子也只顧[45]防他城中放出鎗炮來, 誰知四山一齊炮響? 南首是張都司, 一騎馬, 一捍刀, 當先砍來, 東首是張國威, 領兵殺到, 西首又是王國佐, 在虜圍後亂殺, 早已把韃兵冲做三處。韃兵已是慌張, 纔回身敵得住城外兵, 那城裏又遵着張都司將令, 分頭殺出, 攪做六處, 城上百姓又發喊相助, 韃兵如何支得來, 被這六支人馬, 殺得大敗。直趕了十餘里, 這邊張都司放上兩箇炮, 收軍, 韃兵還跑一箇不息哩! 除他被傷逃得命, 火器打死, 被他扶去, 也斬有四十顆首級。跑得慌, 抛下器械, 弓十一張, 箭三千八十八支, 刀八口, 甲三十五付, 韃帽十九頂, 張都司盡行收拾入城。犒賞了衆軍, 一面具呈申報[46]毛帥轉題。

---

41 家丁(가정): 관원이나 장수에게 소속된 하인이나 사적 무장 조직. 將領에게 소속된 정식 군대 외에 사적 조직으로 만들어진 최측근 친위 정예 부대를 일컫기도 하였다.

42 不句(불구): 不夠. 부족함. 모자람.

43 王(왕): 正의 오기.

44 莫不(막불): 莫非. 설마 ~은 아니겠지?

45 只顧(지고): 오로지 ~에만 정신이 팔림.

46 申報(신보): 서면으로 상급기관이나 관련 기관에 보고함.

狂賊肆兇頑, 生民淚欲濟。

王師乘不意, 平賊片時間。

　總之, 十二月三十之戰, 我乘他不備, 正月初二之戰, 他乘我不備。但我乘他, 他備禦疎虞[47], 他乘我, 隄防嚴密, 所以勝勢都在于我。

　襲虜拒虜, 都見奇功, 正强將部下沒弱兵也。

---

47 疎虞(소우): 소홀히 함. 부주의함.

第二十四回 皇恩兩敕褒忠 偏師三戰奏捷

偉績當天心, 褒崇出玉音。

輝煌宮禁錦, 的爍尚方[1]金。

挾纊[2]恩何厚, 解衣[3]德更深。

爲言蒙澤者, 何以盡臣箴。

人臣爲國家任家, 就事爭事, 不得已爲軍餉缺, 催糧餉, 爲軍需乏, 索器械。至于大聲疾呼, 如熊芝岡[4]說的[5], 無一非鬪氣[6]得來, 然熊芝岡以此有死法。故我嘗道: "衣蟒[7]出大明門[8], 九卿[9]餞送之日, 就是芝岡死之日; 爭

---

1 尚方(상방): 천자의 御物을 넣는 창고.

2 挾纊(협광): 솜옷을 껴입는다는 뜻으로, 아랫사람을 따뜻하게 보살펴 주는 윗사람의 배려를 비유하는 말. 楚나라가 蕭를 공격할 적에 군사들이 추위에 떨고 있자, 楚王이 친히 순찰하며 위로해 주니, 군사들 모두가 마치 솜옷을 껴입은 것처럼 느끼면서 사기가 충천했다는 말이 《春秋左氏傳》宣公 12년에 나온다.

3 解衣(해의): 임금이 장수에게 특별한 은총을 내려 격려하는 것을 일컫는 말. 漢나라의 장수 韓信이 高祖 劉邦의 덕을 칭송하면서 "입고 있던 옷을 벗어서 나를 입혀 주셨고, 먹을 것을 건네주어 나에게 먹게 하셨다.(解衣衣我, 推食食我.)"고 한 데서 나온 말이다.

4 芝岡(지강): 熊廷弼(1569~1625)의 호. 중국 명나라 말기의 장군. 자는 飛百, 시호는 襄愍公. 遼東經略으로서 후금에 맞서 요동의 방위에 공을 세웠다. 그러나 1622년 王化貞이 그의 전략을 무시하고 후금을 공격하였다가 크게 패하자 廣寧을 포기하고 山海關으로 퇴각하였으며, 그 책임을 뒤집어쓰고 1625년 억울하게 처형되었다.

5 說的(설적): 상대편 발언을 타박하는 말로, 당찮은 이야기.

6 鬪氣(투기): 鬪氣. 고집을 부림. 언쟁함. 서로 다툼.

7 衣蟒(의망): 蟒衣를 입음. 蟒衣는 중요한 관직에 있던 신하가 입던, 용의 무늬가 그려진 官服. 참고로 蟒袍는 예전에, 임금이 입는 正服을 이르던 말이다. 누른빛이나 붉은빛의 비단으로 지었으며, 가슴과 등, 양쪽 어깨에 발톱이 다섯 개 달린 용의 무늬를 수놓았다.

8 大明門(대명문): 明나라 때 正陽門과 天安門 사이에 있던 성문. 永樂帝 때 北京城을 건설하였는데, 內城의 정남문인 正陽門과 황성의 정문인 天安門 사이에 있었으며 주변을 담장으로 둘러 일반인의 출입을 금했다. 이 때문에 내성의 동서 교통에 큰 불편을 초래했

戰爭守之疏, 就是芝岡死之疏." 至于一身封賞, 亦何足計, 但是朝廷鼓舞
豪傑, 也少不得, 使他一點孤忠, 常得鑑于主上, 自然趨事赴功。

奴兒哈赤[10]雖在夷人中是箇杰出的, 終不脫夷人性格, 長于野戰, 飄忽如
飛, 拙于堅守, 輕棄不顧, 倒是這干背國叛民叛將, 爲他看守, 更勤勤戀家,
似箇戀棧[11]之馬。所以毛帥屢屢把箇搗巢牽他, 他也只留意在老寨・新塞
遼陽, 其餘地方都委棄, 任這些夷將叛將或據或守。毛帥因得遣將分據, 也
只是箇駐兵在彼哨望, 也說不得[12]是實實恢復據守。他當日自己帶兵萬餘,
不駐皮島, 駐札了鐵山, 把參將陳繼盛・毛承祿, 各統一支遊兵, 東應昌
滿[13], 西援各島。東路分遣水營遊擊陳大韶・李惟棟・都司陳希順・李景
先, 守備方士英・張大成・薛四維・錢中選, 帶領沙船[14]唬船[15]刬船遼船, 共
二百餘隻, 分守義州, 至滿浦沿江一帶冲關。守備許左堯守昌城, 參將易承
惠・遊擊曲承恩, 渡江分守雲頭裡, 三坌子據守。還相度機宜, 出亮馬佃,
入搗牛毛寨路, 遊擊馬應魁接應[16]西路; 都司劉茂泰守廣鹿島[17], 直犯遼陽;
參將劉可伸守石城島[18], 窺海蓋[19]; 守備程鴻鵬守長山島[20], 取歸服; 參將韓

다. 정양문과 천안문 사이에는 대명문이, 천안문 좌우에는 각각 長安右門과 長安左門이
있었다.

9 九卿(구경): 명나라 왕조에 실권을 專掌한 9인의 大臣. 六部尙書인 吏部尙書・戶部尙書・
禮部尙書・兵部尙書・刑部尙書・工部尙書와 都察院都御史・通政司使・大理寺卿이었다.

10 奴兒哈赤(노아합적): 奴酋로 불림. 누르하치(Nurhachi, 奴爾哈赤, 1559~1626). 여진
을 통일하고 1616년 후금을 세워 칸(汗)으로 즉위하였으며, 명나라와의 크고 작은 전쟁에
서 여러 번 대승을 거두어 청나라 건국의 초석을 다졌다. 그가 병사한 후 아들 홍타이지가
국호를 大淸으로 고치고 청나라 제국을 선포했다. 조선에서 누르하치를 奴酋로 슈르하치
(šurgaci, 舒爾哈齊(또는 速兒哈赤), 1564~1611)를 小酋로 불러 두 사람에게 추장이라는
칭호를 붙인 셈이다.

11 戀棧(연잔): 말이 마구간에서 떨어지지 않으려함.

12 說不得(설부득): 차마 말할 수 없을 정도임. 말 못할 정도임. 말할 것이 없음.

13 昌滿(창만): 평안북도 구성군 기룡리의 서쪽에서 안쪽으로 깊이 뻗어 있는 골짜기.

14 沙船(사선): 얕은 바다나 강에서 화물을 운반하는 바닥이 평평한 범선.

15 唬船(호선): 명나라 전함.

16 接應(접응): 지원함.

17 廣鹿島(광록도): 遼寧省의 長山群島 서쪽으로 大連 가까이에 있는 섬.

伏謙, 總接應。北岸都司鄭繼魁守旅順三山, 都司張盤守金州復州, 遊擊張繼善統船接濟。 中路遊擊王甫守于家庄[21], 參將尤景和守鎮江。 各有汛地[22], 無事則屯田, 有警則出戰。又各差撥誰遠哨, 以俟奴酋。

　　星分列島天垂險, 海湧雄濤地效靈。
　　更藉人謀成絕勝[23], 肯容胡馬飮東溟。

　　隨畫成一箇地圖, 幷戰守情形, 糧餉軍需, 具題。各路將官, 各有分地, 自行用心戰守, 除大隊卽行傳報, 以俟接應, 其餘小隊, 自率兵截殺。廣鹿島守將直入海州地面, 大敗奴兵在力兒嶺, 復州守將, 大敗奴兵在骨皮峪, 昌城守將, 大敗奴兵在分水嶺。三處共斬夷級四百五十, 生擒韃賊十餘名, 奸細[24]一名韓文忠, 馬匹弓刀, 鎗箭盔甲, 不計其數。又有雲頭里守將, 深入橫坑寨‧譜班勃烈寨, 各處捷音, 共首級七百二十六顆。

　　把骨寨生擒哈赤部下牛鹿[25]一名豹敗, 一名赤漢(豹敗弟); 金台失部下降奴夷一名額氣; 佟養性家丁一名阿泰, 高麗降奴人一名搭信; 瓦

18　石城島(석성도): 遼寧省 大連 庄河市 바로 앞바다에 있는 섬.

19　海蓋(해개): 海州와 蓋州의 합칭어.

20　長山島(장산도): 丹東에서 大連 방향으로 남쪽에 있는 皮口 앞바다의 섬. 대장산도와 소장산도가 있다.

21　于家庄(우가장): 河北省 保定市 滿城縣에 있는 역참.

22　汛地(신지): 明淸시대 때 군대가 防守하던 구역.

23　絕勝(절승): 승리를 보장하는 형세.

24　奸細(간세): 첩자.

25　牛鹿(우록): 청대 팔기제의 한 단위인 니루[niru, 牛彔]의 한자 음역어. 니루는 대략 300명의 군사로 구성되었으며, 니루 어전(장긴)[nirui ejen, 牛彔額眞 ; niru janggin, 牛彔章京]이 지휘했다. 이후 니루 어전(장긴)을 한어로 佐領이라 했으므로 니루를 좌령으로 표기하는 경우도 있었다. 군사 조직에서 가장 하위에 해당하는 제대로서 평상시에는 하나의 사회 조직으로 기능하는 공동체 조직이었다. 5개의 니루로 구성된 상위 부대의 명칭은 잘란[jalan, 甲喇]이었고, 다시 5개의 잘란으로 구성된 부대가 바로 구사[gūsa, 固山] 즉, 旗이다.

兒搶眞夷一名太奢, 馬家寨眞夷包狃。

分水嶺擒哈赤部下千總一名煖代; 婦女五口: 點着·溫望·持小戲·潘大·彌黎; 幼夷三名: 把撫·猛哈唎·麻哈; 中國叛人一名金重德。

俱行起解²⁶, 累題, 幷敘各將陳繼盛·王崇學·陳希²⁷·王順·李鉞·時可達·王輔²⁸·朱家龍·毛承祿·許武元·項選·李鑛·金華生員葛應貞·王命卿功。

此時奴酋因是毛帥兵勢强盛, 又不時搗剿, 因與李永芳計議, 要行招降。李永芳道: "他當日如鎭江車輦²⁹時, 還可招得, 如今他與我憨結仇甚深, 自站脚得定, 如何肯降?" 佟養性道: "哄他平分天下, 待他叛了中國, 沒了靠傍, 憑我處置." 李永芳道: "毛文龍也是箇好漢³⁰, 怕不肯降, 怕哄不動." 佟養性道: "哄得動罷了, 哄不動, 待南朝知道, 疑他與我相通, 也是反間計." 對李永芳道: "當日王化貞³¹, 也曾與你書來." 哈赤便叫佟養性在軍中遼陽訪毛帥親戚, 又差一箇牛鹿阿干送來, 帶有哈赤與李永芳書來見。

---

26 起解(기해): 압송함.

27 陳希(진희): 陳希順의 오기.

28 王輔(왕보): 王甫의 오기.

29 車輦(거련): 한양과 의주를 연결하는 義州路에 있는 車輦驛을 가리킴. 평안북도 철산군 북쪽에 위치하였다. 모문룡이 후금의 배후를 공격하자, 모문룡의 군대와 후금군은 宣州, 晏庭, 車輦, 의주 등지에서 수차례의 전투를 벌였다.

30 好漢(호한): 사내대장부. 호걸.

31 王化貞(왕화정, ?~1632): 명나라 말기의 장군. 문과에 급제하여 進士가 되어 戶部 主事와 右參議 등을 역임하였다. 1621년 遼東巡撫로 임명되어 廣寧의 방위를 맡았다. 1622년 누르하치가 직접 군대를 이끌고 遼河를 건너 西平堡를 공격해 오자, 왕화정은 孫得功과 祖大壽, 祁秉忠, 劉渠 등의 장수들을 이끌고 후금의 군대를 공격하였다. 하지만 平陽橋(지금의 遼寧 大虎山 일대)에서 벌어진 전투에서 明軍은 거의 전멸에 가까운 큰 패배를 당했다. 손득공과 조대수는 도주하였고, 기병충과 유거는 전사하였다. 毛文龍의 후방 공격 약속은 지켜지지 않았으며, 內應을 약속했던 李永芳은 오히려 후금이 廣寧(지금의 遼寧 北鎭)을 손쉽게 점령하도록 도왔다. 자신의 반대를 무릅쓰고 後金을 공격하였다가 전군이 몰살당하는 왕화정의 패배로 熊廷弼은 廣寧을 중심으로 한 요동 방어선을 포기하고 山海關으로 明軍을 퇴각시킬 수밖에 없었다.

七月初一日, 撥夜的一路報進, 直到鐵山。 毛帥大陳軍威, 着阿干進見[32], 送上書二封。 毛帥令人拆開, 一封是哈赤書[33]:

大金國皇帝致書毛大將軍麾下:
自古國家興亡, 皆天運循環[34], 其將亡也, 必災異[35]屢降, 各處兵起; 其將興也, 必天默護佑, 動而成功[36]。 昔日伊尹[37]見夏數盡, 棄夏而歸湯[38]; 太公[39]見商數盡, 棄商而歸周。 今聞將軍說我: "何必殺人? 若不殺人, 何人不歸?" 遼東原是朱王[40]之民, 天乃賜我, 我甚喜悅, 益民益兵, 又益錢糧。 故南至旅順, 北至開原[41], 東至鎮江, 西至廣寧, 皆撫養之。 養之不住[42], 殺我命官及各差人, 又有奸細來往, 逃亡不

---

32 進見(진견): 나아가 뵘. 알현함.

33 누르하치의 이 편지는 趙慶男의 《續雜錄》 2권 丙寅조에도 실려 있음.

34 天運循環(천운순환): 《大學章句 序文》의 "하늘의 운수는 돌고 돌아가서 돌아오지 않는 것이 없다.(天運循環, 無往不復.)"에서 나오는 말. 세상 이치는 한번 창성했다가 쇠퇴하고 쇠퇴했다가 다사 창성한다는 말이다.

35 災異(재이): 자연 현상으로 생기는 재앙과 땅 위에서 일어나는 변고를 아울러 이르는 말.

36 動而成功(동이성공): 《孫子兵法》〈用間〉의 "깨어 있는 군주와 현명한 장수가 출병하여 적을 이기고, 또 다른 사람보다 공을 많이 세우는 이유는 먼저 적의 정황을 정확하게 알기 때문이다.(明君賢將, 所以動而勝人, 成功出於衆者, 先知也.)"에서 활용한 구절인 듯.

37 伊尹(이윤): 湯王을 보좌하여 殷나라의 건국에 공을 세운 어진 재상. 처음에 이윤이 탕왕을 만날 길이 없자 탕왕의 처인 有莘氏 집의 요리사가 된 뒤, 솥과 도마를 등에 지고 탕왕을 만나 음식으로써 천하의 도리를 비유해 설명했다는 전설이 있다.

38 湯(탕): 夏나라 마지막 임금 桀王을 추방하고 殷나라를 세운 湯王. 은나라는 원래 商나라라고 하였지만 盤庚이 도읍을 殷(현재의 河南省 偃師縣)으로 옮긴 뒤에 불린 나라인데, 28대 紂王에 이르러 周武王에게 멸망되었다.

39 太公(태공): 周初의 賢臣 呂尙을 이름. 姜太公이라 불렸는데, 文王의 스승이었다가 다시 그의 아들 武王을 도와 殷나라의 紂王을 멸망시키고 周나라를 세운 공으로 齊나라에 봉해졌다. 무왕은 그를 높여 師尙父라 했다. 도읍을 營丘에 두었는데, 제나라의 시조가 되었다. 兵書 《六韜》는 그가 지은 것이라고 전한다.

40 朱王(주왕): 朱元璋이 창업한 명나라를 지칭하는 말.

41 開原(개원): 중국 遼寧省 瀋陽 북동쪽의 현.

42 不住(부주): 그치지 않음.

已, 是其自取誅戮, 我誅之正也。且自這邊奔命[43], 致你那邊, 將軍不爲安息, 乃不分好歹[44], 皆入行伍, 逼勒驅來, 各處殺死, 是將軍殺之過也。我原以誠開國, 故自東海各處人民, 皆心悅歸服。又南關北關, 兀喇廻扒, 與我對敵, 箭射刀砍, 尤不殺他, 擒拿撫養之也。昨征西虜大兵, 所得不如自來歸順的多, 至今不斷, 是亦聞見撫養慕思來歸耳。若要殺人, 爲何來歸我? 素謂毛將軍明智通達, 何其昏然不知天時耶? 南朝運終, 死數未盡, 何處不爲殺死? 滇安邦彦[45]·奢寅[46], 安南·貴州·雲南·廣西·鄒縣·藤縣等處, 殺死人豈少? 此南朝喪之時也。天使喪亡, 將軍豈能救乎! 昔周運終喪, 孔孟之聖, 尙不能救, 卒至喪之, 將軍悉知之矣。良禽擇木[47]而棲, 賢臣擇主而事[48], 韓信·陳平[49]棄楚歸漢, 劉整[50]·呂文煥[51]棄宋而歸元, 此皆默識天時, 擇主

---

43 奔命(분명): 죽을힘을 다함.

44 好歹(호알): 잘잘못.

45 安邦彦(안방언): 명나라 말기에 반란 인물. 天啓 연간에 宣慰使로 있던 그의 조카 安位와 함께 1622년 2월에 반란을 일으켜 貴陽을 200여 일간 포위했다. 永寧에 있는 奢崇明에게 호응하고 宋萬化와 함께 합류하여 畢節와 安順을 함락하고 貴陽을 에워쌌는데, 후에 패전하여 안방언과 사숭명은 모두 참수되고 안위는 항복하였다.

46 奢寅(사인): 명나라 말기에 반란 인물인 奢崇明의 아들. 奢崇明은 그의 아들 奢寅과 오래전부터 모반하려는 뜻을 품고 있었는데, 군대를 징발하여 요를 원조하는 기회를 빌려 그의 사위 樊龍과 일당 張彤 등과 함께 1621년 9월에 重慶에서 起兵하여 成都를 100여 일간 포위하였다.

47 良禽擇木(양금택목):《春秋左傳》哀公 11년조의 "새가 나무를 가려 앉는 법, 나무가 어찌 새를 가리랴.(鳥則擇木, 木豈能擇鳥?)"에서 나오는 말.

48 良禽擇木而棲, 賢臣擇主而事(양금택목이서, 현신택주이사):《三國志》〈蜀志〉에서 나오는 말로, 李肅이 呂布에게 한 것임.

49 陳平(진평): 前漢 초기의 공신. 지모가 뛰어나 項羽의 신하였다가 漢高祖 劉邦에게 투항하여 여섯 가지의 묘책을 써 楚나라 승상 范增을 물리치고 공을 세웠다. 惠帝 때 좌승상이 되고, 呂氏의 난 때는 周勃과 함께 평정하였다. 文帝 때 승상이 되었다.

50 劉整(유정): 원래는 南宋의 장수였지만 元나라에 투항한 장수. 文天祥은 남송이 멸망한 뒤에 劉整에 대하여 평하기를, "송나라를 망하게 한 賊臣 중에서 유정의 죄가 그 으뜸이다.(亡宋賊臣, 整罪居首.)"라고 하였다.

51 呂文煥(여문환): 宋末 元初 때 사람. 일찍이 宋나라에 벼슬하여 襄陽知府兼京西按撫副使로 있을 때 元나라 世祖의 권유로 투항, 이후 송을 공략하는 데 많은 계책을 제공하였다.

而事, 名垂沒[52]世者。人何嘗說他不忠? 自古天生(帝王), 不念仇隙[53], 只論功德。管仲[54], 桓公[55]之仇也, 不殺而相之, 遂成霸業; 敬德[56], 太宗之仇也, 不殺而將之, 以有天下。今將軍總然[57]竭力辦事, 君臣昏迷, 反受禍患, 那有好處[58]? 南朝氣數[59]盡矣, 各處起兵, 又丙辰年大風, 破坊拔樹, 及各殿樓臺脊獸, 戊午己未, 玉河[60]兩流血水, 此乃天示將亡之兆耶! 天運循環, 良賢改事, 將軍豈不知麼? 時勢如此, 機會錯過, 悔之不及。佟駙馬‧劉將軍[61], 單身來投, 李駙馬與邊東廣寧

---

52 沒(몰): 後의 오기.

53 仇隙(구극): 서로 원수같이 생각하여 사이가 나쁨.

54 管仲(관중): 춘추시대 齊나라의 재상. 조세개혁을 실행하여 井田제도 대신 토지를 한껏 활용하되 세금을 줄이는 정책을 실행하고, 농업과 수공업 발전에 유리한 정책을 실시했다. 또한 제나라의 지리적 위치와 산업을 고려하여 중상주의 경제 정책을 과감하게 도입하여 제나라의 부를 크게 신장시켰다. 곧, 桓公을 도와 군사력의 강화, 상업‧수공업의 육성을 통하여 부국강병을 꾀하였다.

55 桓公(환공): 齊나라 군주. 鮑叔牙의 진언으로 공자 糾의 신하였던 管仲를 재상으로 기용한 뒤 제후와 종종 會盟하여 신뢰를 얻었으며, 특히 葵邱의 회맹을 계기로 霸者의 자리를 확고히 하여 春秋五霸의 한 사람이 되었다. 만년에 관중의 유언을 무시하고 예전에 추방했던 신하를 다시 등용하여 그들에게 권력을 빼앗김으로써 그가 죽은 후 내란이 일어났다.

56 敬德(경덕): 尉遲恭의 字. 唐나라 초기의 大臣이자 名將. 凌煙閣 24공신 중 한 사람으로 천성이 순박하고 충성스러우며 중후한 모습으로 용감무쌍했다. 일생동안 전쟁터를 누비고 다녔고, 玄武門의 정변 때에 李世民을 도왔다.

57 總然(총연): 縱然의 오기. 설사 ~하더라도.

58 好處(호처): 함께 잘 지냄.

59 氣數(기수): 저절로 오가고 한다는 길흉화복의 운수.

60 玉河(옥하): 북경성 안의 모든 거리와 궁벽한 골목 좌우에 모두 하수도를 파 놓아서 온 성안의 낙숫물이나 빗물이 모두 여기로 들어가 모여드는 곳.

61 劉將軍(유장군): 遼東 漢族 출신인 劉愛塔(Aitai)을 가리킴. 조선의 기록에는 劉海로 되어 있다. 1605년 후금의 포로가 된 후 영특한 재주로 누르하치의 총애를 받아 다이샨(Daišan, 代善) 휘하 문관으로 활약하였다. 후금이 요동을 점령한 이후 1622년 金州, 復州, 海州, 蓋州 4주를 유애탑에게 맡기고 총관에 임명할 정도로 신임이 두터웠다. 유애탑은 정묘호란 당시 조선과의 맹약에 관여하였으며 조선을 위해 여러 모로 조언도 하였다. 조선의 기록에는 교활하고 재물을 탐하는 자로 되어 있다. 그러나 유애탑은 실상 거짓으로 후금을 따르고 있었고 조선에도 비밀리에 자신이 오랑캐의 휘하에 있으나 마음은 언제나 조국인 명나라에 있다고도 알려왔다. 1628년 유애탑은 이름을 劉興祚로 고치고 3형제

諸將, 皆從陣上得的, 今皆爲顯官, 將軍若來歸, 又非他將之比也。利害昭然, 將軍量之。

天命[62]丙寅年五月二十日.

又一封是李永芳的書, 道:

永芳頓首毛大將軍麾下:

芳聞明者識時, 智士趨利, 斷不置身孤危之地, 圖不必得之功。將軍天挺人豪[63], 持一劍孤撑于東海, 其爲國至矣。然而茫茫烟海, 遠隔宸京[64], 當事類(者)多以贅疣[65]置將軍, 不呼而軍士之枵腹[66]堪憐, 疾呼而當事遂銘心以成恨, 思齮齕焉, 不肯以文墨[67]寬。而且東以供饋撓麗國, 北以戎馬[68]仇我慭, 三面樹敵, 不亦危乎! 猶望以一隅奏績也。我慭收羅豪傑, 讗劣[69]如芳, 尚假重任, 而更傾心于將軍。倘肯易心, 共圖天下, 我慭揚鑣[70]而叩山海, 將軍回艦而指登津[71], 南歸南, 北歸北, 當不失鴻溝之約[72]。不然斂弋自守, 坐觀兩虎之鬪。是亦去三

와 함께 후금을 탈출하여 椵島로 가서 毛文龍 휘하에 배속된다. 유애탑의 배신에 후금인들은 매우 큰 충격을 받았다고 전해진다. 유애탑은 1630년 후금과의 전투에서 전사한다. 유애탑의 동생은 劉興治, 劉興梁 등이다.

62 天命(천명): 청나라 태조의 연호(1616~1626).

63 天挺人豪(천정인호): 朱子의 〈六先生畵像贊〉 가운데 康節先生에 대한 글의 "하늘이 인걸을 내놓아 뛰어난 자질 세상을 뒤덮었네. 바람 타고 벼락을 채찍질하여 끝없이 두루 살폈네.(天挺人豪, 英邁蓋世. 駕風鞭霆, 歷覽無際.)"에서 나오는 말.

64 宸京(신경): 京城. 帝都. 皇城.

65 贅疣(췌우): 군더더기. 무용지물. 혹과 사마귀란 말로 아무데도 쓸데없는 것을 가리킨다.

66 枵腹(효복): 굶어서 주린 배.

67 文墨(문묵): 예절이 바름.

68 戎馬(융마): 전쟁에서 쓰는 말.

69 讗劣(전열): 재주와 학문이 얕고 보잘것없음.

70 揚鑣(양표): 말의 재갈을 들어 올림. 말을 몰아 앞으로 나아감.

71 登津(등진): 登州와 天津의 합칭어. 登州는 중국 산동성에 있는 지명이고, 天津은 중국 河北省 동부에 있는 지명이다.

72 鴻溝之約(홍구지약): 대치 상태에 있는 쌍방이 경계선을 나누는 것을 일컫는 말. 項羽

面之危, 而成鼎足之業⁷³也。 不然仰鼻息⁷⁴于文臣, 寄浮生于海若⁷⁵,
餉軍之資, 不足供苞苴⁷⁶, 謗書之投, 多于飛羽, 恐如彈之島, 亦非將
軍所得有也。 唯高明裁之。

毛帥看罷大怒, 道: "這酋奴⁷⁷敢如此胡說! 我文龍自出廣寧來, 但知有
死, 不知有降, 但知滅奴, 恢復河東西, 更不知一身之利害也!" 即將兩封書
固封, 具一箇疏, 并來使解京, 此時情形, 指掌可明。

疏已至京, 奉旨: "覽奏, 具悉海上情形。 戰守等事, 聽其相機行止, 有在
內及各鎭相關的, 不妨商確⁷⁸, 但不心露章⁷⁹傳布。 餉銀⁸⁰緊急, 着遵旨⁸¹措
置給發, 器甲火藥幷天津本色⁸²糧布, 俱着作速解給, 繪圖留覽。"

又聖旨⁸³: "毛文龍孤軍海外, 屢建奇功, 昨以不行反間, 陞秩賞賚。 茲從
優再加左都督, 仍賞大紅蟒衣一襲, 銀五十兩。 加銜參將陳繼盛・汪崇孝,
加銜遊擊陳希順・李鉞・時可達・王甫・朱家龍・毛承祿・程龍, 加銜都

가 滎陽을 공격하다가 대치 상태가 길어지자 결국 劉邦과 담판 지었는데, "천하를 둘로
나누되 홍구를 경계선으로 삼아 서쪽은 한나라가 차지하고 동쪽은 초나라가 차지한다.(項
王乃與漢約, 中分天下, 割鴻溝以西者爲漢, 鴻溝而東者爲楚)."라고 약속하였는데, 이를 鴻
溝之約이라 한다.

73 鼎足之業(정족지업): 솥의 다리가 세 개인 것처럼 세 개의 세력이 천하를 나누어 이
룬 공업을 일컫는 말.

74 仰鼻息(앙비식): 콧김을 우러러본다는 뜻. 상대방의 의도나 눈치를 살피며 몹시 조심
하고 있는 태도를 나타내는 말이다. 한때 내로라하고 세력을 자랑하던 사람이 궁지에 빠
져 기진맥진해 있는 모습을 가리키는 말인 셈이다.

75 海若(해약): 바다의 신.

76 苞苴(포저): 뇌물로 보내는 물건.

77 酋奴(추노): 奴酋의 오기.

78 商確(상확): 서로 의논하여 확실하게 정함.

79 露章(노장): 章奏를 구체적으로 드러내어 남이 볼 수 있게 하는 것.

80 餉銀(향은): 군량을 사들일 銀子.

81 遵旨(준지): 제왕의 명령을 받듦.

82 本色(본색): 조세로서 납부하는 물품.

83 이 聖旨는 洪翼漢의 〈朝天航海錄〉 1권 天啓 4년(1624) 11월 21일조에도 실려 있음.

司僉書許武元·項選·李鑛·張擧, 各實授。參謀葛應貞·王命卿, 各加都
司僉書職銜。解俘官周世登·蘇萬良, 各實授守備。陣亡[84]官兵, 查明優
卹。歲運米糧, 務各二十萬, 實授數目。朝廷以滅奴復遼爲重, 毛文龍還
厲兵[85]相機進取, 以奏成功。"

次年正月, 復奉皇帝敕諭: "諭平遼總兵官都督同知毛文龍。迺登萊撫
臣以爾所報奴情具聞, 朕已敕樞輔[86]督撫諸臣, 申飭警備, 念爾海外孤軍,
尤關犄角, 數年以來, 奴未大創[87], 然亦屢經挫衄, 實爾設奇制勝之功, 朕
甚嘉焉。茲特賜敕諭。爾其益鼓忠義, 悉殫方略, 廣偵精間, 先事伐謀[88],
多方牽制, 使奴狼顧[89]而不敢西向, 惟爾是賴。其所需器械, 已着該部卽與
餉臣酌量接濟。朝鮮形勢相依, 恭順素聞, 已喩中外, 所請先准王封, 聽行
國事, 尙需特遣, 以答忠勤, 爾其宣示[90]朕意, 俾與爾協同心力, 以制狡
奴[91]。軍興有年, 兵機宜審, 爾及將吏酌審情形, 便宜從事[92], 務殄凶逆, 用
佐天誅。朕不愛異數[93], 以酬爾將吏。欽哉, 故諭。"

蓋此時, 羅科臣[94]疏言: "飲血, 呑胡, 提茲一旅, 餒卒, 孤棹海上, 牽制功
多, 不得不委曲鼓舞之。本兵疏, 偏師[95]渡海, 露處五年, 不費多餉, 從征將

---

84 陣亡(진망): 전사함. 전몰함.

85 厲兵(여병): 무기를 갊.

86 樞輔(추보): 軍權을 장악한 大臣.

87 大創(대창): 중대한 손상.

88 伐謀(벌모): 적의 계획을 깨부숨.

89 狼顧(낭고): 이리가 항상 뒤를 돌아보고 두려워함. 뒤가 켕김.

90 宣示(선시): 널리 선포하여 알림.

91 朝鮮形勢相依~以制狡奴(조선형세상의~이제교노):《凝川日錄》3권 무진년(1628) 9월
29일조에도 실려 있음.

92 便宜從事(편의종사): 임금이 신하를 외방에 파견하면서, 형편에 따라 적절하게 일을
처리할 수 있게 하는 특권을 말함.

93 異數(이수): 특별한 대우.

94 科臣(과신): 科道官. 明나라의 관명. 都察院의 여섯 科 즉 吏·戶·禮·兵·刑·工 部의
給事中을 이른다.

95 偏師(편사): 1개 부대의 뜻. 보통 車戰의 경우에는 25乘을 말하고 步戰의 경우에는
士卒 50인을 말한다.

官, 未沾廩餼[96]一粒, 參遊守把, 不過部箚虛銜, 故聖恩優如此."

　　區置將士, 大見風雲之奇陣; 呈送僞扎[97], 可觀鐵石之貞心.

　　惡札[98]亦一間也, 如此進呈, 猶不免通夷之誣, 轉令人思羊祜[99]·陸凱[100].

---

96 廩餼(늠희): 관청에서 공급하는 식량.

97 扎(찰): 札과 통용.

98 惡札(악찰): 자신의 편지를 낮추어 부르는 말.

99 羊祜(양호): 西晉의 전략가. 여동생 羊徽瑜는 당대 최고 실력자인 西晉 司馬師의 아내였고, 외할아버지는 당대의 명사이자 대학자였던 蔡邕이었다. 魏나라 말엽에 相國의 從事官이 되어 荀勖과 같이 나라의 기밀에 관한 일을 관장하였고, 晉나라가 들어서자 鉅平侯에 봉해지고 都督荊州諸軍事로 10년간 나가는 등 위·진 두 왕조를 거치면서 중서시랑·급사중·황문랑·비서감·중령군·위장군·거기장군 등과 같은 요직을 두루 거쳤다. 그는 당시 정세를 면밀하게 분석한 끝에 오나라를 정벌하고 중국을 통일하는 원대한 방략을 제시했다. 그의 방략은 삼국시대를 종결짓는 커다란 그림을 그리는데 초점이 모아져 있었다. 그러나 반대파에 의해 좌절되었고, 그는 자신의 계획이 실천되는 것을 보지 못한 채 세상을 떠났다. 하지만 그가 죽은 지 2년 뒤, 진은 오나라를 평정했다. 그리하여 晉武帝에 의해 시중·태부로 추증되었다.

100 陸凱(육개): 삼국시대 吳나라의 大臣. 孫權 黃武 초에 永興과 諸暨를 다스렸는데 치적을 올려 建武徒尉에 임명되었다. 赤烏 연간에 儋耳太守가 되어 朱崖를 죽이는 데 공을 세워 建武校尉로 옮겼다. 또 山越를 토벌한 공으로 巴丘督과 偏將軍에 올랐다. 孫皓가 집권하자 鎭西大將軍이 되고 巴丘를 다스리면서 荊州牧을 관리했다. 성격이 강직해 여러 차례 간언을 올려 심기를 거슬렀다고 한다.

第二十五回 天神頓息邪謀 急雨盡消賊計

寨結海西頭，威行逆虜愁。

計深衷楚甲[1]，奸[2]秘役齊牛[3]。

霖雨[4]消凶焰，神兵[5]破詭謀。

笑伊反覆子，空自飽吳鉤[6]。

凡將兵者，謀勇所不廢。却亦有天幸，如諸葛武侯[7]困司馬懿[8]父子在斜

1　衷楚甲(충초군): 衷甲은 갑옷을 속에 입고 그 위에 평상복을 걸쳐 갑옷이 보이지 않게 하는 것을 일컬음. 《春秋左氏傳》魯襄公조에 "송나라 서문 밖에서 회맹하려 할 때에 楚人이 속에 갑옷을 입었다.(將盟於宋西門之外, 楚人衷甲.)"고 한 데서 나오는 말이다. 환대하는 척하면서 초청했다가 모조리 죽이는 것을 말한다. 楚軍은 명나라 군대를 일컫는다.

2　奸(간): 干. 구함. 《資治通鑑》漢成帝조의 "군주의 잘못을 드러내어 자신의 충직한 명예를 추구함은 신하의 큰 죄라고 생각한다.(以爲章主之過以奸忠直, 人臣大罪也.)"에서 나온다.

3　齊牛(제우): 齊나라의 소. 전국시대에 燕나라 장수 樂毅가 齊나라를 공격하자, 卽墨城을 지키던 田單이란 장수가 反間計를 써 악의를 쫓아내게 하고는, 5000여 마리의 소에게 오색 옷을 입히고 꼬리에는 마른 나무를 묶은 다음, 그 나무에 불을 붙여 어두운 밤에 적진으로 내몰자, 소가 미친 듯이 달려가 적진을 아수라장으로 만든 일이 있는 것을 일컫는다.

4　霖雨(임우): 사흘 동안 내리는 단비. 세상을 구제하고 백성을 안정시킬 인재를 말한다. 殷나라 高宗이 신하 傅說에게 "만약 큰 가뭄이 들면 너를 임우로 삼겠다.(若歲大旱, 用汝作霖雨.)"한 데서 유래한다.

5　神兵(신병): 신이 보낸 군사라는 뜻으로, 신출귀몰하여 적이 도저히 맞싸울 수 없는 강한 군사를 비유적으로 이르는 말.

6　吳鉤(오구): 갈고리 모양으로 휘어진 兵器로, 춘추시대 吳나라 사람이 이를 잘 만들었기 때문에 오구라고 일컫는데, 후에는 예리한 검을 뜻하는 말로 쓰인다. 南朝의 여러 나라들은 이 검을 병기로 사용하였다.

7　諸葛武侯(제갈무후): 蜀漢의 宰相 諸葛亮의 시호. 隆中에 은거하고 있을 때 劉備의 三顧草廬에 못 이겨 出仕한 후 劉備를 보좌하여 천하 三分之計를 제시했고, 荊州와 益州를 취하고 蜀漢을 세우는 데 큰 공헌을 했다. 또 南蠻을 평정하고 北伐을 주도했다. 유비

谷[9], 將欲燒死他, 不期火發而雨至。宋時, 元兵滅宋, 屯駐錢塘江[10]上, 這江潮每日來兩次, 其勢洶湧, 漂木流沙, 衆人道: "元兵不知地利, 必爲水漂去." 無奈[11]三日不至, 元兵無恙。所以謂謀事在人, 成(事)在天。如前雨驟至, 潮不至, 助逆之天; 在鐵山, 却天心助順[12]。

奴酋因不能招降毛帥, 却又折了一箇牛鹿, 心中大惱, 要起兵來, 又怕他的機謀深。當先毛帥鎭江逃脫, 走在車輦時, 哈赤發兵去攻他, 此時身邊火器都無, 隨得幾萬遼民, 又不諳戰。他人急計生, 喜是隆冬, 他着人把皮袋運水上山, 把緊要路都淋凍, 成一箇冰山。這些韃子不曉, 把馬打了, 趕上去, 都因蹄滑, 跌倒, 跌死了許多, 有不曾死的, 又被後面不知的收不住[13]馬亂踹來, 又都踹死, 計殺了他二三千人。如今還用此法, 每至冬寒, 在奴酋必繇之路, 峻嶺上淋着, 却不淋他上嶺的所在, 淋他下嶺的所在。奴兵見一路沒有(人), 不隄防他, 下嶺時踹着, 一跌直跌到山下, 沒箇不死。又在要路掘有陷坑, 上面鋪有沙土, 馬過連人馬直攧下去, 後面踹來, 不死也傷。或是要路上埋有地雷, 用着機械, 把藥線貼着火石, 韃馬來踏

가 죽은 뒤, 遺詔를 받들어 後主인 劉禪을 보필하다가 魏나라의 司馬懿와 五丈原에서 대전하던 중 陣中에서 죽었다. 그가 지은 〈出師表〉는 名文으로 유명하다.

8 司馬懿(사마의): 三國時代의 魏나라 名將. 자는 仲達. 曹操를 비롯한 4대를 보필하면서 책략이 뛰어나 蜀漢 諸葛亮의 군사를 막았으며, 文帝 때 승상에 올라 孫子 司馬炎이 제위를 찬탈할 기초를 닦았다.

9 斜谷(야곡): 지명. 지금의 陝西省 郿縣 현성 서남쪽에 있는 지명. 옛 褒斜道의 북쪽 입구이다. 옛 포야도는 북쪽의 斜谷에서 남쪽의 褒谷에 이르기까지 고대 秦나라와 蜀나라 사이를 잇는 험요한 棧道를 설치했다.

10 錢塘江(전당강): 중국 浙江省에서 제일 큰 강. 元代에는 절강 등지에 行中書省을 설치했다. 明代에 浙江布政使司가 설치됐고, 淸代에 浙江省이 설치되었다.

11 無奈(무내): 유감스럽게도. 공교롭게도.

12 助順(조순): 순종하는 자를 도와줌. 《周易》〈大有·上九爻〉에 "하늘이 保佑해 주시나니, 길해서 이롭지 않음이 없다.(自天祐之, 吉無不利.)"고 하였는데, 이에 대해서 공자가 해설하기를, "보우한다는 것은 도와준다는 것이다. 하늘이 도와주는 것은 순종하기 때문이요, 사람이 도와주는 것은 신실하기 때문이다.(天之所助者順也, 人之所助者信也.)"하였다.

13 收不住(수부주): 멈출 수 없음.

着那機括[14], 磕出火來, 焠着藥線, 地雷自發, 所以怕他。

　　只見佟養正[15]道: "毛文龍不惟難以力敵, 還難以智敵。只想他在鐵山, 無日不招集遼民, 不若差人假降, 從中取事, 可以除他。"哈赤道: "此計極妙!"就差了佟養性名下一箇家丁王時傑, 因他做人伶俐, 故差他。重賞了, 還與他幾百銀子, 叫他交結人。又怕單身, 毛帥疑他, 叫他帶了家眷十七口, 一路隨難民逃入鐵山, 毛帥一體收留, 推心不疑。

　　　覺世心殷愧納溝, 招徠豈肯惜懷柔。
　　　誰知鴞性難馴狃, 笑裡機關[16]暗裡謀。

　　誰知他在島中, 倚着奴酋與他銀子, 結識[17]這些流民與那降夷。毛帥麾下有一箇韃撥, 叫做白維學, 一起[18]十二箇韃撥, 跟毛帥入島。後來都逃去, 獨他不逃, 所以毛帥極厚待他, 與他一張把總箚付, 專管撥夜人馬, 是一箇老實人[19]。王時傑見他是箇夷人[20], 必竟心野[21], 做人老實, 可以哄騙。況且毛帥也親近他, 可以探毛帥機密, 或者可以就中取事, 故就結識了他。又在歸順民中, 結識無賴, 叫做錢謹・牟奇・耳新, 一干做了弟兄。

　　一日, 白維學因哨上失了事, 毛帥要難為他, 念他是久跟用的, 罷了, 他却心裏快快的。王時傑特來見他, 道: "你這官甚好, 管了出哨人馬, 貂鼠・人參, 人嘗也抓些與你, 有甚不快?"白維學告訴[22]道: "因部下失事, 幾乎綑打。"王時杰道: "這毛爺少情。當日跟隨的, 都做大官, 只剩得你, 還要

---

14 機括(기괄): 쇠뇌의 弩牙와 前栝. 쇠뇌의 활을 발사하는 장치이다. 덫으로도 쓰인다.
15 佟養正(동양정): 佟養性의 오기.
16 機關(기관): 자신의 이익을 도모하기 위해서 교묘하게 기교를 부리는 것.
17 結識(결식): 다른 사람과 서로 사귀고 왕래함.
18 一起(일기): 더불어. 함께.
19 老實人(노실인): 정직하고 온후한 사람. 온순한 사람.
20 夷人(이인): 야만인. 오랑캐.
21 野(야): 見利忘義. 이로운 것을 보면 도의를 잊음.
22 告訴(고소): 控訴. 불만 사항.

難爲你." 白維學道: "正是。我一起十二箇, 逃去十一箇, 只剩得箇我, 料
也站不身子定." 王時傑道: "是老憨²³身邊一箇牛鹿說, 曾在毛爺這邊做過
撥夜, 他今在老憨身邊, 好不²⁴得寵, 與他妻子牛馬帳房, 好不快活." 白維
學道: "這等咱家去罷." 王時傑道: "你隻身去沒²⁵帳, 須得立些功, 準信。
不然, 老憨把你做箇奸細哩." 兩箇計議要爲奴酋立功, 王時傑道: "老憨曾
在國中, 定有賞格, 道殺得毛文龍, 賞金子三千兩, 銀子一萬兩, 子孫世襲
牛鹿, 還賞婦女牛羊馬疋。不如害了毛爺, 得這一天富貴." 白維學道: "怎
下這毒手?" 王時傑道: "手下²⁶得不毒, 近不錢來." 王時傑就招集這一干
兄弟計議, 耳新道: "如今只要白大哥着力²⁷。你在府中出入長久, 只叫他
隨便刺了, 毛爺便是." 白維學道: "我做不來²⁸。他手下人多哩." 牟奇道:
"這不難。我另有一計。你在府中久, 人須不防你, 你只藏在府中火藥庫左
側俟候。我與王大哥帶些弟兄, 伏在府門外, 錢大哥可帶幾箇兄弟, 到草
料場²⁹, 到夜放上一把火燒着, 他必定³⁰來救。他若來救, 府中沒人, 白大
哥將火藥庫放上一把火, 毛爺自然慌張回轉, 手下東西奔救, 畢竟慌亂, 我
與王大哥乘機殺出, 砍了毛爺。再着幾箇兄弟, 帶有馬疋, 護王大哥家眷
在鐵山關口等着, 只待得了毛爺頭, 一齊奔出關去, 豈不是大功! 縱是殺
不得毛爺, 燒去了他火藥, 又燒去了他糧草, 沒了糧草, 軍士饑荒, 沒了火
藥, 他也沒得打人, 這翻通知老憨, 領兵來打鐵山, 豈不是我們的功!" 約定
了日期, 各人散去行事。

　　約是正月二十三日, 毛帥因軍中無事, 自行安息。這邊王時傑密密分佈,

---

23 老憨(노감): 촌뜨기. 시골뜨기. 여기서는 누르하치를 지칭하는 말로 쓰였다.

24 好不(호불): 몹시. 아주. 매우.

25 沒(몰): 投의 오기.

26 手下(수하): 일을 처리할 때.

27 着力(착력): 애씀. 힘을 씀.

28 做不來(주불래): 할 수 없음.

29 草料場(초료장): 군마나 기타 가축의 사료를 쌓아서 저장하는 곳.

30 必定(필정): 반드시. 기필코.

先是白維學進府來。這毛帥府中, 他是推心待人的, 凡收用降夷, 人兒乖覺[31]猛勇, 就留在府中, 用他防備, 所以白維學出入, 沒人阻擋。捱到三更, 白維學心動, 忙忙走起, 趲到火藥庫, 只見庫門外也有數十軍士把守, 都在那廂酣睡, 梆鈴都不響。白維學滿心歡喜, 正走間, 只聽得庫門口響上[32]一聲, 擡頭一看, 吃了一驚, 却是一箇神將, 站在面前。

頭戴茜紅巾, 金花緊護; 身穿藍戰袍, 綉帶輕飄。面如靛色[33], 炯雙睛, 青天上點點殘星; 髮噴火光, 帶朱眉, 緋霞裡暉暉斜日。手舞着狼牙短棒[34], 身掛着八字金牌, 威行疫部統神兵, 職守丹霄稱大帥。

拿着一根狼牙棒, 在庫門壁上東打西敲, 驚得白維學一交趺倒在地, 口中只叫不敢[35], 把那火刀火石丟在半邊。這些防守軍士, 聽得人怪叫, 又聽得四圍壁上敲得如雷般震, 莫不驚醒。眼模糊的, 還見這神將站在那邊, 一箇人在地下叫喚, 衆人驚得發喊起來, 那神將冉冉[36]乘雲而去。這白維學還叫: "不敢, 不敢!" 衆人在地下扶起, 認得白維學, 驚得口流白沫, 面如泥色。問他爲甚到此, 爲甚緣故撞這神人, 白維學一聲不做, 衆人扶他, 仍到宿房歇下。

這邊錢謹悄悄走入草場, 這草冬天收的, 正月間沒雨, 且是燥得緊。錢

---

31 乖覺(괴각): 기민함. 총명하고 영리함.

32 響上(향상): 上響의 오기.

33 靛色(전색): 검푸른 색깔.

34 狼牙短棒(낭아단봉): 狼牙棒은 낭아봉은 추라 불리는 紡錘形으로 된 나무나 금속 뭉치에 이리[狼]의 이빨[牙]같이 날카로운 못을 심어 여기에 손잡이를 붙인 타격병기. 주로 송나라 때 사용되었다. 장병기와 단병기가 있으며 장병기는 전체 길이가 170~190㎝이고 단병기는 전체 길이가 약 1m이며, 추의 길이는 양쪽 모두 40㎝~60㎝이었다. 낭아봉은 추 중량에 의한 타격 효과뿐만 아니라 날카로운 못으로 상대방에게 깊은 상처를 입힐 수가 있었다. 갑옷이나 투구를 쓴 상대방에게도 큰 손상을 줄 수 있기 때문에 중무장 기병들이 많이 사용하였다.

35 不敢(불감): 不堪當. 황송합니다.

36 冉冉(염염): 천천히 움직이는 모양.

謹道: "這不消憂. 一點便着." 便將硝黄之類, 向草邊傾放, 忙取出火石, 敲上兩下[37], 火星[38]就爆出來, 點着引火之物, 只見草也便燒將起來.

　　蘊就燎原雄勢, 能舒燦燦光芒.
　　縱叫京抵堆積, 也爲瓦礫一場.

始初微微有光, 漸漸轟然作響, 不料明星缺月, 還是晴天, 忽然震雷一聲, 大雨傾盆[39]而下.

　　風動雨聲, 雷添雨勢. 霎時間斜飛瀑布, 瞬息裡倒瀉江河. 瀼瀼一片, 點滴不分, 洶洶經時, 飄流不住. 一望如川似海, 幾番漂木流沙, 縱饒烈焰烘天, 早已烟消爐滅.

管場的看見場中失火, 冒着雨趕來, 只見錢謹與五七箇人, 見雨大, 掃了興, 還在那廂嗟呀, 不料衆人趕到, 連忙向草中便躱. 衆人見了, 道: "是有人放火, 是有人放火!" 當先扭住[40]錢謹, 躱在草裡的, 也都搜出, 慌忙一面差人傳, 鼓報有奸細放火燒草場.

毛帥聽得, 見雨大, 四邊無火光, 知道已息, 只分付道: "各營不許亂動!" 又傳令巡邏的, 謹守鐵山關隘 , 不許放人出關, 也不許放人入島. 此時陳中軍又忙差兵守護帥府, 差人把守要害. 王時傑管暗暗叫苦[41], 要出關逃去, 又不能得脫. 天明毛帥陞堂[42], 管場官帶人, 將錢謹等綑綁過來, 道: "日昨夜近四更, 這干奸細, 越牆入場, 焚燒糧草, 已經拿下." 毛帥叫帶過

37　兩下(양하): 쌍방. 양쪽.
38　火星(화성): 불티. 불꽃.
39　傾盆(경분): 그릇을 엎은 것 같음. 억수 같음.
40　扭住(유주): 비틀어 꼼짝 못하게 함.
41　暗暗叫苦(암암규고): 속으로 끙끙 앓음. 벙어리 냉가슴 앓듯 함. 남몰래 한숨지음.
42　陞堂(승당): 관리가 관청에 나가 공무를 봄.

來問時, 錢謹只叫: "該死!" 毛帥正要窮追他羽翼。恰好管火藥庫的早晨
起來, 見地下抛有火石·火刀·火藥餅兒, 知有人來放火, 不敢隱瞞[43], 也
來稟毛帥。毛帥道: "這都是一起奸細了, 曾獲有人麼?" 道: "不曾." 毛帥
道: "曾有人在那廂往來麼?" 管庫的道: "小的們一干, 委是睡着。睡夢中,
只聽得庫門上有人把器械敲得雷一般響, 驚醒看時, 却見一個靑臉紅髮,
藍袍紅巾的一位神道, 拿着一捍[44]狼牙棒在那廂打。地下倒一個人, 口叫
不敢, 小的們看時, 正是轣撥白維學。小的們扶他回房, 此外兼無人來."
毛帥道: "一定是溫元帥[45]來護我了." 叫抓白維學來。白維學已驚得不
耐煩[46], 睡在床上, (捉他的人)一來, 又已是驚個小死。拿到(後), 見錢謹已
綁在那廂, 只道錢謹已供出了, 連叩頭道: "小人該死! 不是小人主意, 都是
王時傑主謀, 牟奇布擺的." 問他庫中放火等事, 白維學道: "委要放火, 見
一箇神人, 驚倒住手[47]." 毛帥始信管庫的不是謊語, 忙叫押白維學, 拿這
干人。白維學知得約在關邊會齊的, 急趕到關上, 連[48]他家眷一齊拿了。
審問王時杰, 只得[49]供出, 是叫錢謹草場放火, 要誘毛帥出府, 乘機行刺,
白維學在府放火燒庫等情。毛帥道: "我待你歸順民也不薄, 怎生這主意!"
錢謹只推王時傑蓄謀[50], 王時傑供係奴酋着來。毛帥道: "你旣是中國人,
不得已陷虜, 怎爲奴酋思量害我!" 牟奇是主謀, 錢謹四人草場中拿着, 這
也不消[51]再問。白維學還念他是舊人, 饒死, 其餘黨羽[52], 也不過爲王時傑

---

43 隱瞞(은만): 숨김. 속임.

44 捍(한): 桿의 오기.

45 溫元帥(온원수): 溫瓊을 가리킴. 溫太保, 溫天君, 溫將軍 등으로 불리기도 한다. 道敎
의 저명한 護法神이다. 36天將 가운데 첫 번째이고, 東嶽大帝의 十太保 가운데 첫 번째이
다. 《玉甲祝願神將經》에도 이러한 사실이 나온다.

46 不耐煩(불내번): 못 참음. 견디지 못함.

47 住手(주수): 일을 그만둠.

48 連(연): ~조차도. 을 포함하여.

49 只得(지득): 할 수 없이. 부득불.

50 蓄謀(축모): 은밀히 계략을 꾸밈.

51 不消(불소): 할 필요가 없음. 할 나위가 없음.

煽惑, 非他本心, 都不窮追, 各安心肆業, 傳令只將王時傑等六箇斬首, 轅門[53]號令, 以警衆人, 將王時傑家裡人口, 盡行賞了有功人役。

　　食毛卒土[54]主恩深, 忍爲胡奴産二心。
　　笑是奸謀隨焰熄, 獨餘鬼火[55]照山陰。

　　毛帥隨卽又具祭, 祭獻溫帥, 從此人都知毛帥忠貞天祐, 更不敢萌動[56]邪心。後天啓七年春, 時疫[57]流行, 朝鮮多罹此病, 毛帥軍中一毫不染。毛帥並敘溫元帥除奸功績, 請旨[58]褒崇, 此又是後事。

　　溫帥之事, 有無未可知。 但形(諸)奏章, 或亦田單拜小卒[59]爲神師之意[60], 軍中不厭奏也。

　　招降納附[61], 幸則爲鐵山之毛, 不幸遼藩之袁[62], 可不愼哉!

---

52 黨羽(당우): 패거리. 도당.

53 轅門(원문): 軍營의 문.

54 卒土(졸토): 戍卒과 土兵.

55 鬼火(귀화): 도깨비불. 음모. 부채질.

56 萌動(맹동): 싹틈. 생김.

57 時疫(시역): 유행병. 돌림병.

58 請旨(청지): 칙명을 주청함.

59 小卒(소졸): 보잘것없는 사람. 보통사람. 하찮은 사람.

60 田單拜小卒爲神師之意(전단배소졸위신사지의): 燕나라 惠王이 樂毅를 해임시키자 연나라 병사들이 분노하였는데, 이 사실을 알게 된 田單이 보잘것없는 사람을 神人으로 가장하고 스승으로 삼은 것을 일컬음. 곧, 성안 사람들이 식사할 때마다 반드시 뜰에서 그 선조에게 제사를 지내며 새들이 성안으로 날아들어 제사상의 음식을 먹게 하였다. 이를 알게 된 연나라 사람들이 이상하게 여겼는데, 이때 전단이 "신이 내려와서 나를 가르쳐 주실 것이며, 마땅히 神人이 나의 스승이 될 것이다."라고 소문을 퍼트렸다. 마침 한 사람이 전단의 스승이 될 수 있겠느냐고 묻자, "당신은 神人이십니다." 하니, 그 사람이 갑자기 몸을 돌려서 달아났다. 전단이 사람을 보내어 그를 잡아와서는 동쪽으로 향하여 앉히고서 스승으로 섬기고, 매번 명령을 내릴 때마다 "神師께서 이러이러 하라고 하셨다."라며 신이 내린 명령이라고 소문을 퍼트렸던 것이다.

61 招降納附(초항납부): 招降納叛. 투항자나 적의 배신자를 받아들임. 나쁜 사람들을 긁어모아 작당하여 사리사욕을 꾀함.

62 袁(원): 袁崇煥(1584~1630)을 가리킴. 明나라 말기의 장군. 1622년 御使 侯恂에게 군
사적 재능을 인정받아 兵部의 職方司 主事가 되었다. 당시 明나라는 王化貞이 이끄는 군
대가 후금에 크게 패하여 만주의 지배권을 후금에 완전히 빼앗겼다. 후금은 遼陽과 廣寧
을 점령하고 山海關을 넘보고 있어 北京도 위기감에 휩싸여 있었다. 이러한 상황에서 袁
崇煥은 홀로 遼東 지역을 정찰하고 돌아와서는 스스로 山海關의 방위를 지원했다. 그는
兵備檢事로 임명되어 山海關으로 파견되었다. 당시 明軍은 山海關의 방어에만 모든 힘을
기울이고 있었다. 하지만 원숭환은 山海關 북쪽에 성을 쌓아야 효과적으로 방어를 할 수
있다고 보고, 寧遠城(지금의 遼寧 興城)을 改築할 것을 조정에 건의했다. 그리고 1623년
부터 1624년까지 영원성을 10m의 높이로 새로 쌓았고, 포르투갈 상인들에게 구입하여
'紅夷砲'라고 불리는 최신식 대포를 배치하였다. 1626년 누르하치가 遼河를 건너 영원성
을 공격해 왔으나, 원숭환은 우월한 화력을 바탕으로 후금의 군대를 물리쳤다. 明은 1618
년 이후 후금에게 계속 패전만 거듭해 왔는데 원숭환이 비로소 승리를 거둔 것이다. 이
전투를 '寧遠大捷'이라고 하며, 그 공으로 원숭환은 兵部侍郎 겸 遼東巡撫로 승진하였다.
1627년에는 영원성과 錦州城에서 후금의 太宗 홍타이지[皇太極, 1592~1643]의 공격도
물리쳤는데, 이는 '寧錦大捷'이라고 부른다. 이처럼, 후금의 침략에 맞서 遼東 방어에 공
을 세웠지만 1630년 謀反의 누명을 쓰고 처형되었다.

찾아보기

영인자료

요해단충록 5

『古本小說集成』 72, 上海古籍出版社, 1990.

여기서부터는 影印本을 인쇄한 부분으로 맨 뒷 페이지부터 보십시오.

古本小説集成≫編委會編

513000

遼海丹忠録 下

（明）孤憤生撰

上海古籍出版社

卷之五

第二十一回

鑽山八路典師　　渴難連戰破敵

羅領把羅珠。　　　　虎穴奪虎子。
奇功每向險中取。　　截斬樓蘭登難事。
長驅鐵騎東游頭。　　雄旗佩瓠翻清秋。
腰間寶劍血猶滴。　　陣雲慘結單于愁。
解鞍痛飲黃龍府。　　醉挽長鈎身怒舞。
功成何必封萬戶。　　樽承時顧飛花塢。

二十一回

登效韓彭徤。　　　管營戀廳鼠。

華亭鶴唳不可聞。　惆悵藏乎淚如雨。

右雜興

昔韓信背水之陣是置之死而後生蓋丈夫不恃
必死之心也做不得無前之業那怕事的道是行
險僥倖夫圖名覓利之徒不可僥卷是為國忠君
之險不妨走況走得險的必竟是有機智胆力的
人他也看得事了然于胸中斷不把國事做孤注
自然成功說不得一個楊經畧四路壞事把楊鎬

一着竟做了絕响毛帥累戰累勝他已目中無奴

酋了况且部調江淮浙直南北各營兵有八千他

挑選簡練遼兵有三萬七千這遼兵是與廣州近

不怕風雨不怕飢寒正一干耐苦善戰人物雖中

朝按濟三年據毛帥寶收不過銀十一萬兩米二

十萬石似不足支他却屯田通商勉强支抵期干

滅賊報效遼東百姓自投來歸的多内中怕事仍

留遼潘的也不少故毛帥麾下多有親戚留落遼

陽毛帥遣去遼人探聽不怕沒人藏匿不怕不得

真情九月終奴酋因毛帥有牛毛之兵回在老寨

到十月復到遼陽與各夷官叛將商議要行叩關

李永芳道我憨得了河東又得河西一半家當也

好了若苦苦要攻開倘一時進去不迭廣寧一帶

有西韃子來邀截河東有南衛人心反覆老寨又

有毛文龍來窺探一遠去便顧不來莫要顧了兔

兒走了狗佟養性道我憨兵馬極精到處得勝看

那山海關一似彈紙般怕打不過若過關搶了京

城要這老寨做甚麼叛將柯汝棟道我憨若慮山

為奴亦為
中國

6

海兵多。還有喜峰口兵少的所在包你殺得進李

永芳道只怕也是易說難做佟養性我如今與你

打一個賭賽打得關我輸我日後情愿在你下打

不來我贏你要居我下佟養性道俺賭得好又在

閏十月搶去奴酋果然分付各王子與佟李兩個

整兵往西此時毛帥差有一个千總陳國忠在遼

陽打探假做收人參住在一個識熟徐青家裡已

是兩日聽得這消息慌忙要囬還怕毛帥不信他

到遼陽又問徐青討了一個天命通寶的夷錢屋

二十一回　　三

夜趕回具稟毛帥毛帥道佟賊賭氣往關必竟墻

力攻打關上幸有孫閣老經畧兵還多不知喜鑾

口可也有人防守麼佟賊道進關可以棄老寨他

如今不進關料撤不下老寨我且下老實攬他一

攬怹傳令各處調兵心中又想我向來在昌城浦

浦亮馬佃進兵他這幾處必竟防我我且往不防

我處去卽怹分撥

　　　一路

江淮營叅將許日省督兵由于家庄進

二路

浙直營參將陳大韶督兵由水口城進。

三路

征東兵遊擊陳希順由方山進

四路

鎮江遊擊尤景和由鎮江進。

五路

寬奠參將易從惠從寬奠進。

六路

二十一匹

四

9

靉陽遊擊曲承恩由靉陽進。

七路

標下遊擊王甫都司杜貴從鳳凰城進。

俱限初四日抵烏雞關毛帥自帶了中軍陳繼盛

毛承祿全軍自昌城過江共八路進兵。

兵分八路雄入九軍紛紛戰艦激浪排空騑騑

征驂驚塵撩日朱旗映緋霞耀晚皂纛翠墨霧

迷天劍橫秋水人人思斬郅支頭戟點朝霜簡

簡欲染關支血可是

將不知地
刻以章與

士皆燕趙欣談劍。將盡孫吳喜論兵、

又行文各守島將官。都出兵攻打旋城黃骨島歸

服堡紅嘴堡沿海一帶地方以分勢初二毛帥發

了兵初四日直抵烏雞關下寨各路官兵都到以

次參調毛帥道此地向來征討都未曾至奴酋必

以我為不諳地理不能設伏我當以伏勝之喚過

王甫你可帶領本部人馬伏在關左杜貴你可帶

領本部人馬伏在關右只聽營中砲發出兵夾攻

兩個聽令去了又喚選鋒遊擊馬應奎分付道前

去烏雞二關止可步行不能馬行這不可輕進你

統為軍五百只將頭關木柵盡行桥去以便退軍

一路搖旗吶喊去打深河寨直待賊兵大至你便

退兵退出關來我自策應分撥馬遊擊去後在關

口扎一空營理下火炮待他兵至施放自己率兵

又離關十里下營以備策應這馬遊擊進了關

了這五百個馬兵直走將到深河寨都見一隊

哨韃子被他一窩蜂趕去砍了三個這些飛走一

沿路飛報各山傳梆馬遊擊屯住不走一

欺敵者凶

見奴酋大兵來了。馬遊擊故意帶了這五百兵在

在他前邊一幌就跑這些達奴見人少可欺如何

肯捨大隊趕來那馬遊擊且是跑得快早巳跑出

往空寨裡一鑽奴兵見他進寨竟撲進營卻一無

所有馬遊擊早巳轉出營去一把火點起藥線飛

跑只聽營中一聲響鉛子一似冰雹般飛上飛下、

打得這些奴兵没處藏身急撥馬退時關左右炮

聲齊响火鎗火炮鈴子弩箭一齊旗截住歸路關

前毛帥又率大軍來了。奴兵料敵不得只在鎗炮

十忠錄 二十一回 六

中逃出性命逴邊將士一齊吶喊追趕整整趕了
十里還又放上許多炮驚他方總收兵到關口會
齊

大將謀疑神鬼。

三軍勇類貔貅。

捷奏未央宫裡。

石勒燕然山頭。

隨卽起行到鎮駐扎討點功次。毛承祿斬首二十
六級尤景和斬首三十三級鄭國雲斬首八級易
承惠斬首十一級陳繼盛斬首十三級時可達十
一級王甫十六級許日省十七級陸武五級李惟

盛八級。張繼善三級。共之百七十八級。毛帥都着

紀功官盡行上冊。候題。又差撥夜自鎮江至旋城。

黃骨島、歸服堡、紅嘴堡、打探、各島進兵消息却好

廣祿遊擊又來報捷。他自海口登岸直取歸服堡

轉至駱駝山塔。遇有守邊臺達子三十餘各即行

追殺當陣斬獲三級。其餘撥馬逃走報至毛帥一

體與他敘功。因島中乏餉無以克賞。又題本請賞

斬獲首級并牛毛搶獲眞夷四名。差官陳汝明解

赴督師孫閣老督師。又爲具題。犬罵道

二十一回   七

文龍以孤劍臨豺狼之穴，飄泊于風濤波浪之中，力能結屬國總離人，且屯且戰以屢挫梟酋，且其志欲從臣之請牽其尾搗其巢，世人異懁觀望懦惴於自守不能者獨以為可擒也，真足以激發天下英雄之義膽頓令縮項斂足者愧死無地臣讀其疏輒為東向再酹隨貽金紵以見慰勞之意又臣近有謀于東謀罔其述文龍有謀為賊所發而廣寧大鉄信其謀主也近亦逃來言其事則文龍之膽智，無日不在賊巢之外，頒擾之而不能深，則

彼之堅自若數四擾之而不能入即我之言且算

是惟大兵相機而入方可珍殲而文龍所請之

餉尚未一有夫邊人之相蒙也上以實求之下常

以虛應之況予之以虛着責之以實效上不能以

虛為實而下又何能以實應虛即知文龍報功則

疑其不實而亦喜乞餉則信其非虛而甚難此等

舉動皆足以解天下之體而無以鼓動英雄任事

之心益鶻突做事無有了期且有不可言者臣明

登萊防南燐不防北燐東江作虛應不作實應似

二十一回　八

密而疎似省而費如膝理有表按之不入終不關
痛癢究竟疎且為漏費且不貲伏乞

皇上勅該部查照有功員役照例陞賞其所

請錢粮酌令給發責令登萊撫臣綜核其事無日

功不必核其虛餉不必問其實令孤懸異域之臣

捐身為　國大聲疾呼而不一應也總之督師身

處閩上實見其功故能深知其苦。

八路出師烏雞連挺其中布置真足以寒羶袭

之胆。

戰處煞合兵法。非若他排兒戲之陣圖寫至哩

之埋伏狀胡說之披掛

二十一回　　九

第二十二回

屬國變生肘腋　帥臣勢定輔車

強臣睬在三。　鷓鴣鬬方酣。

骨肉且成敵。　分義應末詣。

正名乃迁說。　討逆幾空談。

是非虽與明。　欲按匣中鐔。

臣弒君子弒父。天下大逆冤殺其身㨾其位明明
是篡百口怎解但夫子不能去衛輙若到事勢去
之不得還恐爲我害這也只得隱忍罷他爲我刑

二十二回　　一

二十二回

21

當日朝鮮國李暉資毛帥土地。也資他糧糧也不
是簡背。叛中國的。只因他有病把國事託與侄兒
李綜。李綜憑着自已有謀勇。有異相有不良之心。
每與邊臣相結。天啟二年正月。將他黨與平山節
度李貴。召入王京防禦到三月初九。約人在宮舉
火他把救火為名與李貴入宮。恰遇李暉慌慌張
張而來。指望他相救。不意李綜竟將來一把拿住。
撇入火中。并他世子宮眷盡皆殺戮。
　　數年血戰走倭夷。　　仗義勤王數舉師。

變起蕭墻嗟莫禦　故宮爛草日摧（？）

停了五六日繼祖母王太妃傳令數李煇罪惡道
他嗣位來失道悖德罔有紀極聽信讒言曰生猜
嬭不以予為祖母戕害我父母虐殺我孺子幽囚
困辱無復人理蔑倫滅絕禽獸一邦嫂起大獄妻
痛無辜先朝耆舊斥逐殆盡惟姻婭嬪寺之徒是
崇是信政以賄成昏墨盈朝撤毀民家府建兩宮
土木之譽十年未已賦役煩重誅求無已生民塗
炭嗷嗷度日又復恣恩悖德罔畏天威督府東來

二十二刂

義聲動人，策臣不誠未效同佽神人之念至此巳

極，宗社之危有若綴旒，何幸大小臣工不謀而同。

合詞舉義，咸以陵陽君綜仁聲夙著天命攸歸以

今十三日討平昏亂巳定禍亂以嗣先王之後憂

倫攸敘宗祀再安李綜就卽了位把一箇宿將張

曉做了總兵鎮守鴨綠一帶內戚韓復遠做本國

都總兵鎮守王京差人到平壤殺了那朴燁幷鄭

遇數他元年冬引奴酋殺遼人謀毛帥之罪着議

政府左議政朴弘等把遠亦一面具疏一面咨會

督撫申文毛帥稱陵陽君綜乃昭敬王定遠君之

第一子乞承襲毛帥想李綜力能繼一君豈不能

挾一老孀婦聽他指使況李暉罪矣其嗣何罪直

行殺戮卽以為慶昏立明亦當白大妃慶之何為

殺之殺者李綜嗣位者李綜明是不殺李綜不得

立遠篡奪更何必言但皮島依朝鮮為輔車不無

資籍朝鮮又地與奴連毛帥仗義執言正名討罪

亦無不可只是李綜添設總兵已預防備若戰而

二十二回　三

事體心與椵連香島勢成炭豈肯復請此

虜聲迫奥國入于奴首況他殺朴樺等以自自刃

中國還有簡可免從之機隨為他具揭登撫偵遣

乞韓泰之意且道鎮係武弁問知可否因橡其題

民推代位分巳定況今夷狄竊發之際東西多事

之日鎮唯曲慰溫詞奠無意外之虞雖繫鎮居其

東稍知始末今據來申令無揭報該否承襲得無

偕越請乞　上裁揭至登撫袁可立具覆請前復

云倘為封疆多事恐勞師害民當　遣使　宣勑

布告彼邦明正其罪使彼中臣民知君不可易體

宜丞討篡逆之罪復立巳慶之王。若果李倧追于

妃命臣民歸心亦當退避待命而後。朝廷徐頒

赦罪之詔令其祗奉國事督餉畢偹郎條陳不必

議討者三不可遽封者三乞。明言責開李倧檢

服或俟其進兵勦奴立功而許之游御史諭于村

職之中。神滅奴之用禮兵三部奉

宣明兵部欲行毛帥訪確回報明把事權與毛帥

衙以制李倧使龍感恩効用禮部一面移咨登萊

二十二回　四

一批付毛帥聽其酌遣的當官員到彼詳加慰

軍有該國臣民公本回覆限關十月中盡秦金議

委丁箇加銜遊擊李惟棟往朝鮮毛帥差中軍中

將陳繼盛行查到地方會議只見朝鮮文職領中

樞府事李光庭三百十七員武職知訓棟院事李

牛一四百十四員會議其結遂會議得

人之所以為人者以其有人倫也人倫滅絕而

子不父其父不父其父臣不君其君則無復為人之理而

其違禽獸不遠矣亦安能君國子民而保天

子之寵命乎此廢君之所以自絕于天而一國

臣民之所以爲嗣君請命者也何意 封典久

稽查命遠下舉國民情軫望邊邊非不知 朝

廷之視我邦有同內服咨訪周詳乃所以重其

事也但查以得實既實何查必欲無已則亦觀

于天命之去就人心之離合而已一則栽賊人

倫而得罪于天一則扶植民彝而迓續天命此

二者不待辨說而明著觀火矣惟我昭敬王初

無嫡嗣用廢子光海君爲後臨終末命勉戒無

尹集傳 二十二回 五

辜而襲位未幾背厥先訓不遵播棄黎蒸舊有
任人不庸乃惟讒夫孽臣是崇是長逢惡層慾
不一其途穢瀆之行傳播中外爵柰于賣刑亂
于寧猶撤民廬舍增修宮苑築怨興稌迨無虐
日構獄立威箝制衆口淫刑炮烙法陞惟腥
言逆耳輒加罪黜投畀海裔宽死是快嫌憤教
戒積成猜憾幽母冷宮穴通飲食屠母之父兄
竄母之族黨甚至八歲之兒奪之于母懷而殺
之其他顯覆典刑荼痛生靈不可枚數而始不

以父心爲心終不以子道事母其于父子之倫
何如也　神宗皇帝臨御萬邦迄渝四紀惟我
東藩偏承寵綏遠于壬辰兵火最酷前焉傾覆
大邦是挫十萬之衆前後暴露百萬之帑捐費
靡惜亨屯濟難振株終始邦之克世如木有葉
今之生者死敵之孤也先君富日嘗敎臣工曰
皇上之恩生死肉骨雖使鐵輪旋于頂上有不
敢辭言猶在耳執不鎪鑲廢君敢二　天朝潛
與虜和渾河之役陰持將臣輕泄師期忍使我

二十二回

六

王之爪士横罹鋒鏑誅屠波血滯聲如雷㘞㗛舟之其實防卩其他欺負決朝觀坐成敗非一之恬莫之隱宣川之警潛冠奪襲褊麾鏖死生舘另加遮護徒衆以衞之其賞益藥豐賜以勞兩師一時併命舉國之人痛苦刺心廢寢陽乞憐無所不至自如負犯必欲掩惡王人在將幾獲邊吏引入其迹莫掩不懲厭罪猶獎其幣俱入內府終不俵給賊民涓尊以國汗取重奸至如死事陪臣賚戰之金監軍御史犒軍之

二計而始不以父戒爲念終不以臣道事，君
其于君臣之倫果何如哉嗚呼父子君臣綱常
之重窮天地亙萬古而不泯苟或一日得罪于
斯則匹夫匹婦猶不得保況爲千乘之君乎其
神怒人怨衆叛親離而自底滅凶理所必至無
足怪者所賴祖先舊業幸有攸托先君血肉莫
親于孫惟我嗣君乃昭敬王第三子定遠君之
長子也聰明邁倫仁孝出天先君撫愛夙加稱
異隱隱昏朝令聞彌彰天命人心默有所屬神

聖心錄　二十二回　七

永就下莫之能禦者蓋宿德忠臣義士大小臣

民不謀同辭乃于三月十三日相率而拜迎器

敬王妃于幽閉之中恭承妑命俾之權署國事

是其循至正之名而行太順之舉同歪凶之運

而纂幾絶之緒其所以表著天心維持人紀曰

月重陽區域再造者揆諸往古則可以無歉蓋

之來紀永世有辭今暨害其籵政則怡怡愉愉

奉養慈老日勤三問友睦親命禮遇備至有圍

家人存念慶君嬪御服食少無欠缺骨肉俱全

共處畿邦反正之夕都民揮淚滋事之勃卽將

朴燁鄭遵臬首境上拮据糧餉以助海鎮之餉

省才貶用民隱是恤輿情感悅蒐兵索賊敵像

禦侮將士屬氣其他立綱陳紀興利除害次第

修舉而風采有立變者矣夫何一種流言詿誤

聽聞指如市之從者曰稱兵詰關失火廊廡遂

卽樸滅者曰焚燒宮室承母后之明命從逗與

之歸巳者曰篡逆至于引用倭寇綑縛報讐火

之說尤不近理又以不先稟 命屬登陽泰叢

二十二回　入

有敕而求

之義內有所承然後宜有所請求第之關理奏

誠然凡此數語不待辨說而明矣目今事情起

訴。朝議未准驅程行李往復難期緣病側身

江水已合事機之變急于呼吸未知此何等

會何等父象而尚且遲疑不決惕大事乎伏願

備將小邦羣情亟奏 朝廷速下 冊命不勝

幸甚。

朝鮮陪臣把這結具呈了毛帥毛帥又向原差官

陳繼盛李惟棟問了他情實大抵無異毛帥就將

他公本一本結狀四紙與李維棟回復登撫使登

撫具奏部覆請　旨冊立自此朝鮮感毛帥爲他

請封之恩自然有急相顧再無携二三心可得安

處鉄山可以安心戍敵了。

屬國凛天感、　　　馳封恩更巍、

歌辭相犄角、　　　共奏凱歌回。

若使毛帥是箇貪夫，藉此恐嚇有所需索來是箇籲

夫欲要樹功出帥吊伐將至失，朝逞字小之體，

生屬國軼墬志，必獲別衆兎東江威坐麗觀戕敗

二十二回　九

朝鮮之役人謂 朝廷以與國與毛鎮使虜恣

籌算能固東江亦是毛帥能審時廬勢

不惟失了藩屏邊患猶書顧志龍等委陞龍歸

圖報為毛鎮用不知乃毛鎮廉與國歸 朝

廷倪首降為 朝廷開誤問鎮泄一線渺

為虜隔而大海渺泄 朝使不揆若非毛鎮

枕其側何怕罹而請封何惜而不折入于奴全

日朝鮮猶受羈縻猶繁虜內顧心者東江之

烈也謂羣虜者非以制朝鮮哉

朝中有創討之論而不敢執者猶見群公之不

迁。

十忠錄　二十二回　十

第二十三回

王千摠朦夜擒胡　張都司奇兵拒敵

兵事貴權奇記維永雪夜淮西曳薪滅寵

皆神畧巧可弄愚智能諳勇今古堪題

幕府志吞夷散萬金羅網熊羆行謀戮力

忘飆阻溫禺爨鼓呼韓染鍔淨掃妖魑

右調青杏兒

兵行詭道詭者鬼也詭神詭鬼使人不測能而示之不能用而示之不用近而示之遠遠而示之近

第二十三回

第二十三回

利而誘之亂而敗之實而備之強而避之怒而撓

之甲而驕之佚而勞之親而離之攻其無備出其

不意皆可以勝毛帥先時屯據各島後來兵力漸

足遼民歸附日多還有降夷土地不勾因在鐵山

云從島開府自鐵山至幹階地方奴酋一渡烏龍

江可來邦似與奴酋夾江而處都添兵防守又先

前十月守金州都司探聽得守復州中鹿哈必自

已好酒好色搜索城中美婦恣意奸淫部下乘機

搶掠不把守城在意張都司初五日忙率本部又

在歸順民內。選出精勇五百。連夜直走復州東南
兩門。將城外草房放火。吶喊攻城有選鋒軍士何
志等奮勇扒城砍開城門。張都司殺入韃賊不知
虛實不敢抵戰盡行逃走。張都司安了民就在城
中屯住分兵占據附近永寧各堡。請兵協守只見
到了十一月十九。哈必帶了五千人馬要來復城
張都司見城中民心未定恐不肯為他防守韃衆
義實只可以智勝他就悄悄帶兵躲入南山任他
入城這些韃子都又不人城口一齊去拆城斫得

第二十三回　　二

困倦傍晚繞去安息，安息繞下張都司已分兵三

賣伏北門外，分付道我兵攻城，轅兵必走自北門

出來他兵衆不可遮截，只是虛聲趕殺，槍他馬匹

器械到了三更，一齊圍城，呐喊放炮聲勢頗猛，城

必怕是合金州兵來，不敢戀戰，率衆逃走，又被北

門兵趕殺，拼命遠去，張都司人城查點計斬他首

級十顆奪下弓五張箭二百三十三枝三報鎗二

十枝大銃四位小銃三十一位鎗九桿馬二疋因

無兵接濟又缺糧打聽旅順三山口有失風漂沒

糧船幾隻內中有米豆千餘石就率衆暫回三山

口就食又得復州所以自鎮江至旋城黃骨島歸

服堡紅嘴堡望海堝連着金復都着人屯牧出哨

到了十二月毛帥念是隆冬將士苦寒又逼了年

怕人心懈弛差人各處頒給犒賞行牌各處用心

防守遠遠出哨無至失事這些二將官那一箇不留

心有一箇內丁把總王德領兵出哨聽得遼民一

路紛紛的說韃子也罷你是我們同鄉土人怎肯

得這樣臉出殺人奸人家婦女王德悄悄着人去

第二十三回　三

問他時遼人罵道是反睜金過海的侄子叫儌甚

金重德做了一箇守備去平鹿到任却又不去在

東歸路口把這些過往的都來邀住搶了他包裹

若與他爭便道你是要投南朝的廝都來殺了

好不砍得人多人家婦人今日一箇明日一箇隨

他搶去伏事睡覺若不肯也是一刀百姓好不受

害哩怎得天兵到歇這廝頭王德聽了道這廝可

惡明日是臘月三十日他必竟分歲喫酒見待我

去拿他延到次日約定了本隊人馬在東歸路邊

近墻下溝中或是柴草中躲了又差人探聽道他
一起有八十多人分散在各民家奸宿王德得了
的確二更天氣一聲喊竟奔民家金重德正摟着
一箇婦人睡聽得喊連連跑出拿得桿刀跳上馬
就跑苦是沒鞍騎不牢跌下王千總趕到按住衆
人將來細了一箇把總戻大聽得喊連忙跳起床
來扯不着衣服被衆兵赤身綑了一箇百總王金
醉得不省人事也被捉拿一箇號頭詹二躲在人
家床下這家子恨他奸了妻子將來縛送王把總

第二十三回　四

除逃的逃躲的躲。一時拿有十六箇便行解赴毛帥請功毛帥極其獎賞他部下人見了也都踴躍要自效過得正月初一日眾人謂賀過毛帥王甫李繼盛陳繼盛都帶了本部人馬深入各地也不顧他零騎也不顧他大隊逢着就砍殺上去王甫拿得一箇奴酋的頭目叫做太奈斬得八箇首級拿得五箇韃子李繼盛斬了四箇首級拿得十一箇韃子陳繼盛斬首六級拿得十八箇韃子哨探了八九日不見有人回兵解見毛帥時毛帥將首

級細細驗了又把拿來韃子細審內中十五箇是

真夷其餘都是遼民剃頭的毛帥將真夷監候韃

解其餘遼民憐他都發在島中稍他種田還又申

餉將官莫因新正懈于防守不料這奴會部下也

有要來攻我不備的都司張盤因部下人少復州

巳被韃子拆壞金州又不曾築得關沒箇臉處可

守。把這些三百姓都移在旅順自巳就在旅順防守。

正是正月初二只見十數箇攪夜跑得氣也沒道

韃子來了韃子來了張都司道有幾千攪夜道不

第二十三回　五

見得定

正望去有二三里塵頭。少也有一萬已到金州衛

時候可到南關堡了城中百姓慌張要行出城張

都司道不要走前面是海走到那裏去便要過海

也沒這船大家在這裏守活大家活死大家死斷

衆將道轄子來先攻北門我守北門分付兄弟張

國威使守了東門一箇把總蕭振虜守了西門一

箇千總劉廷舉守了南門刀鎗旗幟且是擺得齊

整恰好這些轄子一窩蜂趕來望着城兒呆呆凝

一箇正坐在馬上措半劃脚叫圍城道張都司義

見清手見凖只一箭把他掀下馬去守城的見了

一齊發起喊來炮的箭的一齊亂發有些慌守百

姓不會放炮射箭只把石子打郤也打着一兩箇

人馬亂了一日退兵這韃兵曉得張盤是箇了得

的怕他劫營直退在二十里外下管過了一夜只

見郤是一箇人騎着馬來叫門張都司在城上問

他是做甚的他道是來招降張都司聽了道抓進

來郤下飛也是下城門一開起五十來箇家丁抓

着就走來見張都司張都司道咄道干騷子盤殺

第二十三回　六

勇戰

硬來與張爺殺。殺不過張爺懼怕跑了去。鄧來□□

張爺可是降的板出刀來。一砍兩顧時把頭弔在

旗竿上。其時部下一箇千總王國佐道爺殺了豊

的人他必竟來誠裏火器不勾一日用怎得島中

去討來方好張都司道火器將完了王國佐道王

是張都司道罷我如今不與他守只與他殺不遇

慌叫過一箇千總高元休來道你領五百人帶消

開了東門在東山裏屯著只聽城中炮响你便殺

來又叫過張國威你也帶五百人在南山□裏藏炮

响來殺又分付蕭振擄劉廷舉。一箇陳元佐道賊

一圍城你領放炮一見我們三支人馬從賊背後

殺來他畢定回身來殺你們也分門殺出來不可

有慄分付了自領五百兵也出西門去訖城中百

姓見他弟兄都去道莫不張爺見韃子殺不過先

去了甚是疑心那邊韃子探得招降人被殺氣噴

噴殺來一到便把城圍只聽城中炮聲大振韃子

也只顧防他城中放出鎗炮來誰知四山一齊炮

响南首是張都司一騎馬一捍刀當先砍來東首

第二十三回　七

是張國威領兵殺到西首又是王國佐在虜圍後
亂殺早巳把韃兵冲做三處韃兵巳是慌張繞回
身敵得住城外兵那城裏又遵着張都司將令分
頭殺出攬做六處城上百姓又發喊相助韃兵如
何支得來被這六支人馬殺得大敗直趕了十餘
里這邊張都司放上兩筒炮收軍韃兵還跑一箇
不息哩除他被傷逃得命火器打死被他扶去也
斬有四十顆首級跑得慌抛下器械弓十一張箭
三千八十八支刀八口甲三十五付韃帽十九頂

張都司盡行收拾入城犒賞了衆軍一面具呈申

報毛帥轉題。

狂賊肆兇頑　　生民淚欲潸。

王師乘不意。　　平賊片時間。

總之十二月三十之戰我乘他不備正月初二之

戰他乘我不備但我乘他他備禦疎虞他乘我、

防嚴密所以勝勢都在于我。

襲虜拒虜都見奇功正强將部下沒弱兵也。

第二十三回　入

第二十四回

皇恩兩勅褒忠　　偏師三戰奏捷

偉績當　天心。　褒崇出玉音。

輝煌宮禁錦。　的爍尚方金。

挾纊恩何厚。　鮮衣德更深。

為言蒙澤者。　何以盡臣箴。

人臣為國家任事就事爭事不得已為軍餉缺催
糧餉為軍需乏索器械至于大聲疾呼如熊芝岡
說的無一非鬪氣得來然熊芝岡以此有死法故

潯思家

我曹道衣蟒出大明門九卿餞送之日就是芝岡

死之日爭戰爭守之疏就是芝岡死之疏至于一

身封賞亦何足計但是　朝廷鼓舞豪傑也少不

得使他一點孤忠常得鍇于　主上自然趨事赴

功奴兒哈赤雖在夷人中是箇桀出的終不脫夷

人性格長于野戰飄忽如飛抛于堅守輕棄不顧。

倒是這干背國叛民叛將為他看守更勤勤戀家

似箇戀棧之馬所以毛帥屢屢把箇搗巢牽他他

也只留意在老寨新寨遼陽其餘地方都委棄任

分防設守
亦甚周密

遊些夷將叛將或據或守毛帥因得進將分據也、

只是箇駐兵在彼哨望也說不得是實實恢復據、

守他當日自巳帶兵萬餘不駐皮島駐札了鉄山

把泰將陳繼盛毛承祿各統一支遊兵東應昌蒲

西援各島東路分遣水管遊擊陳大郝李惟煉都

司陳希順遊守偹芳士英張大成薛四雜錢

中選帶領沙艄虎船剗船遊艄共二百餘隻分守

義州至浦浦沿江一帶冲關守偹所左堯守昌城

泰將易承惠進擊曲承恩渡江分守雲蘭窖三金

二十四匹

子撥守還相廣機宜，伸莞馬佃入揭牛毛業路遊
擊馬應魁接應西路都司劉茂泰守廣鹿島直犯
遼陽泰將劉可伸守石城島窺海蓋守儘程鴻鵬
守長山島取歸服泰將韓伏讓總接應北岸都司
鄭繼魁守旅順三山都司張盤守金州復州遊擊
張繼善統船接濟中路遊擊王甫守于家庄泰將
尤景和守鎮江各有汛地無事則屯田有警則出
戰又各差撥夜遠哨以俟奴酋

星分列島天垂險。　海湧雄濤地効靈。

更藉人謀成絶勝　肯容胡馬飲東溟

隨書成一箇地圖并戰守情形糧餉早需具題

各路將官各有分地自行用心戰守除大隊御行

傳報以便接應其餘小隊自率兵截殺廣鹿島守

將直入海州地面大敗奴兵在力兒嶺復州守將

大敗奴兵在骨皮峪昌城守將大敗奴兵在分水

嶺三處共斬夷級四百五十生擒韃賊十餘名奸

細一名韓文忠馬匹弓刀鎗箭盔甲不計其數又

有雲頭堡守將深入攢坑寨誷班㧞烈寨各處捷

二十四回　　三

把骨寨生擒哈赤部下牛鹿

一名赤漢豹敗弟　金台失部下降奴夷

一名領氣　修養性家丁一名阿泰　高

麗降奴夷人一名搭信　尾兒搶真夷一

名太奢　馬家寨真夷包狙

分水嶺搶哈赤部下千總一名煖代

五口鞑着　溫堡　持小戲　潘大

黎　幼夷三名把撫　猛哈唎　麻哈

音共首級七百二十六顆

毀乎
者肯人

屛嵒彔

中國叛人一名金重德、

俱行起解累題并叙各將陳繼盛王崇學陳希王

順李銑時可達王輔朱家龍毛承祿許武元項選

李鎮金孳生員葛應貞王命卿功此時奴酋因是

毛帥兵勢強盛又不時揭劉因與李永芳討議要

行招降李永芳道他當日如鎮江車輦時還可招

得如今他與我懇結仇甚深自竪脚得定如何肯

降伀養性道㖟他平分天下待他叛了中國沒了

靠傍憑我處置李永芳趙毛文龍也是簡好漢怕

二十四回　　四

63

不肯降，怕哄不動。

待南朝知道疑他與我相通，也是反間計，對李永

芳道：當料王化貞也曾與你書來，哈赤便叫佟養

性在軍中遼陽訪毛帥親戚，又差一箇牛鹿阿平

送來帶有哈赤與李永芳書來見七月初一日發，

夜的一路報進，直到鐵山，毛帥大陳軍威著阿予

進見，送上書二封，毛帥令人拆開一封，是哈赤書

大金國皇帝致書

毛大將軍麾下自古國家與仄皆天邊循環其

將區也必災異屢降各處兵起其將興也必天

默護佑動而成功昔日伊尹見夏數盡棄夏而

歸湯太公見商數盡棄商而歸周今聞　將軍

說我何必殺人若不殺人何人不歸遼東原是

朱王之民天乃賜我我甚喜悅益民益兵又益

錢糧故南至旅順北至開原東至鎮江西至廣

寧皆撫養之養之不任殺我命官及各差人又

有奸細來往逃匿不已是其自取誅殺我誅之

正也且自這邊遣命致你那邊將軍不爲安息

乃不分好歹皆入行伍。通勒驅來各處殺死是

將軍殺之過也我原以誠開國故自東海各處

人民皆心悅歸服又南關北關兀喇迴加與我

對敵箭射刀砍尤不殺他搶拿撫養之也非徒

西虜大兵所得不如自來歸順的多至今不斷

是亦聞見撫養慕恩來歸耳若要殺人為何來

歸我素謂 毛將軍明智通達何其昏然不知

天時耶南朝運終死數未盡何處不為殺死滇

安邦彥奢寅安南貴州雲南廣西鄉縣藤縣等

處殺死人豈少此南朝喪之時也天使喪凶將

軍豈能救乎昔周運終喪孔孟之聖尚不能救

李至喪之將軍悉知之矣良禽擇木而棲賢臣

擇主而事韓信陳平棄楚歸漢劉整呂文煥等

朱而歸元此皆默識天時擇主而事名□渥□

者人何嘗說他不忠自古天生不念偲隙□諭

功德管仲桓公之仇也不殺而相之□成□

敬德太宗之仇也不殺而將之以有天下今將

軍總然竭力辦事君臣昏迷反受禍□□

二十四圖

六

處南朝氣數盡矣各處起兵乙丙辰年大雪

坊振樹及各處獲臺脊獸戊午巳未壬河兩灘

血水此乃天示將凶之兆耶天運循環良

事將軍豈不知麼時勢如此機會錯過悔之不

及倘駙馬劉將軍單身來投李駙馬與邊東

寧諸將皆從陣上得的令皆爲顯官將軍若

歸又非他將之比也利害昭然　將軍量忍

天命丙寅年五月二十日、

又：封是李永芳的書道

永芳頓首

毛大將軍麾下芳聞明者識時智士趨利斷不

置身孤危之地圖不必得之功。將軍天挺人

豪持一劍孤撐于東海其爲國至矣。然而泛駕

烟海遠隔宸京當事類多以贅疣置將軍不呼

而軍士之拊腹堪憐疾呼而當事送錦必以成

恨思齒齪焉不肯以文墨寬而且裹閉俟讐疵

麗國北以我馬飫我憨三面樹敵不亦危爭捲

望以一鶚奏績也。我懲悷羅豪儀讐身無蓋體

二十四回

七

假重任而夐頒恋于　將軍偷膂易心與匿冤

下我憨楊鎬而卽山海　將軍回艦而指登津

南歸南北歸北當不失鴻溝之約不然歛戈自

守坐觀兩虎之闘是亦去三面之危而歲貢足

之業也不然仰鼻息于文臣寄浮生于海若倘

軍之資不足供苞苴謗書之投多于飛羽恐如

彈之島亦非　將軍所得有也唯　高明裁之

毛帥肴罷大怒道這酋奴敢如此胡說我文龍身

出廣寧來但知有死不知有降但知滅奴恢復河

東西更不知一身之利害也卽將兩封書固封其

一箇疏并來使解京此時情形指掌可明疏巳至

京奉　旨　覽奏其悉海上情形戰守等事聽其

相機行止有在內及各鎮相關的不妨商確但不

必露章傳布偷銀緊急着遵旨措置給發器甲火

藥并天津本色糧餉俱着作速解給繪圖留覽又

聖旨　毛文龍孤軍海外屢建奇功昨以不符瓦

閣雙秩賞賚從優再加左都督仍賞大紅蟒衣

一襲銀五十兩加衔將陳繼盛汪崇孝加衔進

二十四回　　八

擊陳希顧李鐵蹄可達王甫朱家龍毛承祿醍都

郎銜都司僉書許武元項選李鑛張舉各實授。

謀鶚應貞王命卿各加都司僉書職銜解俘鄉護

世登蘇萬良各實授守備陣亡官兵查明優卹

運米糧務各二十萬實授數目朝廷以減奴復遼

為重毛文龍還屬兵柄機進取以奏成功次年正

月復奏

皇帝勑諭諭平遼總兵官都督同知毛文龍遷登

萊撫臣以爾所報奴情具聞朕已勑樞輔督撫

許忠傑

諸臣申飭警備念爾海外孤軍尤關犄角數年

以來奴未大創然亦屢經挫衄實爾設奇制勝

之功朕甚嘉焉茲特 賜勅諭爾其益皷忠義

悉殫方畧廣偵精間先事伐謀多方牽制使奴

狼顧而不敢西向惟爾是賴其所需器械已著

該部卽與餉臣酌量接濟朝鮮形勢相依恭順

素聞已愉中外所請先准王封聽行國事尚需

特遣以答忠勤爾其宣示朕意俾與爾協同心

力以制狡奴單與有年兵機宜審爾及糜曳的

二十四回　九

審情形便宜從事務殄逆用佐天誅朕不愛

異數以酬爾將吏欽哉故諭

蓋此時羅科臣疏言飲血吞胡提茲一旅餒卒孤

掉海上牽制功多不得不委曲鼓舞之本兵疏偏

師渡海露處五年不費多餉從征將官未沾廩餼

一粒粲遊守把不過部劄虛銜故

聖恩優如此

區置將士大見風雲之奇陣呈送偽扎可觀銑

石之貞心。

惡札亦一間也如此進　是猶不免通夷之誣

轉令人思羊祜陸凱

二十四叶

十

第二十五回

　天神頓息邪謀　　急雨盡消賊計

　寨結海西頭　　威行遞虜愁

　計深褁楚甲　　奸秘役齊牛

　霖雨消兇焰　　神兵破詭謀

　笑伊及覆子　　空自飽吳鉤

凡將兵者謀勇所不廢卻亦有天幸如諸葛武侯
困司馬懿父子在斜谷將欲燒死他不期火發而
雨至宋時元兵滅宋屯駐錢塘江上這江潮每日

要害録　　二十五回

來兩炎其勢洶湧漂木流沙眾人道元兵不知地

利必爲水漂去無奈三日不至元兵無恙所以謂

謀事在人成在天如前雨驟至潮不至是助逆之

天在鐵山却天心助順奴酋因不能招降毛帥却

又折了一箇牛鹿心中大惱要起兵來又怕他的

機謀深當先毛帥鎮江逃脫走在車輦時哈赤發

兵去攻他此時身邊火器都無隨得幾萬遼民又

不諳戰他人急計生喜是隆冬他着人把皮袋運

水上山把緊要路都淋凍成一箇冰山這些韃子

所閉墟市

人戰

不曉把馬打了趕上去都因蹄滑跌倒跌死了許
多有不曾死的又被後面不知的收不住馬亂蹄
來又都蹄死計殺了他二三千人如今還用此法
每至冬寒在奴酋必繇之路峻嶺上淋着都不淋
他上嶺的所在淋他下嶺的所在奴兵見一路没
有不隄防他下嶺時蹄着一跌直跌到山下没簡
不死又在要路堀有陷坑上面鋪有沙土馬過連
人馬直攧下去後面蹄來不死也傷或是要路上
埋有地雷用着機械把藥線貼着火石轟馬來踏

二十五回　二

看孫機栝磕出火來煿着藥線地雷自發所以怕
他只兒佟養正道毛文龍不惟難以力敵還難以
智敵只想他在鐵山無日不招集遼民不若差人
假降從中取事可以除祂哈赤道此計極妙就差
了佟養性名下一箇牢丁王時傑因他做人伶俐
故差他重賞了還與他幾百銀子叫他交結人又
怕單身毛帥疑他叫他帶了家眷十七口一路隨
難民逃入鐵山毛帥一體收留推心不疑。

覺世心殷愧納溝。　　招猱豈肯惜嫩棠。

誰知羈性難馴狎，　笑裏機關莊裡謀。

誰知他在島中偹著奴僕與他銀子結識這些流

民與那降夷毛帥麾下有一箇韃撥叫做曰維學，

一起十二箇韃撥跟毛帥入島後來都逃去獨他

不逃所以毛帥極厚待他與他一張把總劄付專

當撥夜人馬是一箇老寶人王時傑見他是箇夷

人必竟心野做人老寶可以哄騙說且毛帥遉親

退他可以探毛帥機密敢者所朌就中取事故呪

結識了他又在歸順民中結識無賴叫做錢運半

二十五回　　三

哥，一干做了弟兄，一日白維學因嗇上去了

事，毛帥要難為他念他是久跟用的罷了他都心

裏快快的，王時傑特來見他道你這官甚好管了

出嘴人馬貂鼠人參人嘗也抓些與你有甚不快，

白維學告訴道因部下失事幾乎細打王時傑道

這毛爺少情當日眼瞧的都做大官只剩得你還

要難為你，白維學道正是我一起十二箇逃去十

一箇只剩得箇我料此站不身于定王時傑道是

老恐身邊一箇牛鹿靆曾在羗爺道邊做過幾夜

利勁
八無不為

他今在老憨身邊、好不得寵與他妻子牛馬帳房。

好不快活白維學道這等咱家去罷王時傑道你

隻身去没帳須得立些功準信不然老憨把你做

箇奸細哩兩箇計議要為奴曾立功王時傑道老

憨曾在國中定有賞格道殺得毛文龍賞金子三

千兩銀子一萬兩子孫世襲牛鹿還賞婦女牛羊

馬疋不如害了毛爺得這一天富貴白維學道怎

下得這毒手王時傑道手下得不毒近不錢來王

時傑就招集這一千兄弟計議耳新道如今只要

二十五箇

四

83

白大哥着力。你在府中山入長久只叫他隨便睡

了毛爺便是白維學道我做不來他手下人多哩

牟奇道這不難我另有一計你在府中久不入不

防你你只藏在府中火藥庫左側伺候我與王大

哥帶些弟兄伏在府門外錢大哥可帶幾箇兄弟

到草料場到夜放上一把火燒着他必定來救他

若來救府中沒人白大哥將火藥庫放上一把火

毛爺自然慌張回轉手下東西奔救畢竟慌亂我

與王大哥乘機殺出砍了毛爺再着幾箇兄弟帶

有馬匹護王大哥家眷在鐵山關口等着只等得
了毛爺頭一齊奔出關去豈不是大功縱是殺不
得毛爺燒去了他火藥又燒去了他糧草沒了糧
草軍士饑荒沒了火藥他也沒得打人這翻過知
老憨領兵來打鐵山豈不是我們的功約定了日
期各人散去行事約是正月二十三日毛帥因軍
中無事自行安息這邊王時傑密密分佈先是自
維學進府來這毛帥府中他是推心待人的凡收
用降夷人兒平覺猛勇就留在府中用他防備所

二十五回

五

以白維學出入沒人阻攔經到三更白維學心動，忙忙走起趙到火藥庫只見庫門外也有數十軍士把守。都在那廟醑睡榔鈴都不響白維學滿心歡喜正走間只聽得庫門口響上一聲擡頭一看吃了一驚。却是一箇神將站在面前

頭帶茜紅巾金花紫護身穿監職袍綉帶輕飄，面如靛色烔雙睛青天上點點殘星髮噴火光。帶朱脣緋霞裡暉暉斜日手舞着狠牙短棒身掛着八字金牌威行疫部統神兵職守丹霄稱

忠義三雄

大帥，拿着一根狼牙棒在庫門壁上東打西敲驚得白

維學一交跌倒在地口中只叫，不敢把那火刀火

石丟在半邊這些防守軍士聽得人怪叫又聽得

四圍壁上敲得如雷般震莫不驚醒眼糢糊的還

見這神將站在那邊，一箇人在地下叫喚衆人驚

得發喊起來那神將冉冉乘雲而去。這白維學還

叫不敢不敢衆人在地下扶起認得白維學驚得

口流白沫面如泥色問他爲甚到此爲甚緣故撞

遼海丹忠錄　二十五回　六

這神人自維學一聲不做眾人模他仍到宿房裡

下這邊錢謹悄悄走入草塲這草冬天收的正月

關沒兩且是爆得黑錢謹道這不消憂一點便着

便將稍黃之類向草邊傾枝忙取出火石蔽上兩

下火星就爆出來點着引火之物只見草也便燒

將起來。

　　蘆就燎原雄勢　　能舒燦燦光芒

　　縱教京抵堆積　　也爲尾礫之塲。

始初微微有光漸漸轟然作响不料明星缺月還

是唬天忽然霹雷一聲大雨傾盆而下

風動雨聲雷添雨勢霎時間斜飛瀑布瞬息裡

倒瀉江河瀁瀁一片點滴不分洶洶經時驅流

不住一望如川似海幾番漂木流沙。縱饒烈焰

烘天早已烟消燼滅

霎時的看見場中失火冒着雨趕來只見鑊灶與

五七箇人見雨大傾了興還在那廚嵯呀不料察

人趕到連忙向草中便躱衆人見了道是有人放

火是有人放火當先扭住鐵謹與在草裡的也都

二十五回　　七

複出慌忙一面差人傳鼓報有奸細放火燒草垜

毛帥聽得見兩大四邊無火光知道巳息只分付

道各營不許亂動又傳令巡邏的謹守鐵山關隘

不許放人出關也不許放人入島此時陳中軍又

忙差兵守護帥府差人把守要害王時傑暗暗叫

苦要出關逃去又不能得脫天明毛帥陞堂醫場

官帶人將錢薩籌細綁過來道日昨夜近四更道

十奸細越墻入塲焚燒糧草巳經拿下毛帥叫帶

過來問時錢薩只叫該死毛帥正要窮追他羽翼

恰妤菅火藥庫的早晨起來，見地下拋有火石火
刀火藥鉶兒。知有人來放火，不敢隱瞞，也來稟毛
帥。毛帥道："這都是一起奸細了，曾獲有人麼？"道："不
曾。"毛帥道："曾有人在那廂往來麼？"菅庫的道："小的
們一千委是睡着，睡夢中只聽得庫門上有人把
器械敲得雷一般响，驚醒看時，却見一個青臉紅
髮藍袍紅巾的一位神道，拿着一捍狠牙棒在那
廂打，地下倒一個人，叫不敢，小的們看時，正是
韃撻白維學，小的們扶他囬房，此外並無人來。"毛

二十五囬　　八

賀老

帥道一定是溫元帥來護我了，叫抓白維學來自
維學已是驚得不耐煩，睡在床上一來又已是驚
個小死拿到見錢謹巳綁在那廂只道錢謹巳供
出了連叩頭道小人該死不是小人主意都是王
時傑主謀牟奇布擺的。問他庫中放火等事白維
學道委要放火見一箇神人驚倒住手毛帥始信
嘗庫的不是謊語忙叫押白維學拿這干人白維
學知得約在關邊會齊的急起到關上連他家眷
一齊拿了審問王時傑只得供出是叫錢謹草搨

放火要謀毛帥出府乘機行刺自維學在府放火
燒庫等情毛帥通義待你歸順良也不滿怎生違
主意錢謹只推王時傑籌謀王時傑供係奴脅着
來毛帥道你既是中國人不得已附虜怎忍爲奴圖
恩量審我年奇是生謀錢謹四人草場中拿着遠
也不消再問自維學還念他是舊人饒死其餘當
羽也不過爲王時傑煽惑非他本心都不窮追各
安心繕業傳令泉縣將王時傑等六箇斬首轅門號
令闔營衆人將王時傑等犂人口盡行賞了有功

二十五

入彀。

食毛踐土主恩深。忍爲胡妲産二心。

笑是奸謀隨媾砲。鶴餘覘火照山陰。

毛師瞳卻又具祭饗溫師。從此人都知毛師歲。

且朶祔更不敢萌動邪心。後天啓七年春將穀流。

衍胡辭多惟挑病毛帥軍中一毫不染毛帥并處。

溫流卻餘姅勸講。首衆祟跳又是後事。

蟲卌趾事崩擦來阿知。俎形恭章或亦囬單彝。

小靽爲蜥師忿夌軍中不猒美也。

招降納附幸則爲鉄山之毛不幸則遼藩之袁。

可不愼哉

二十五四

九

영인자료

遼海丹忠錄　卷五

『古本小說集成』72, 上海古籍出版社, 1990.

여기서부터 영인본을 인쇄한 부분입니다. 이 부분부터 보시기 바랍니다.

역주자 신해진(申海鎭)

경북 의성 출생
고려대학교 국어국문학과 및 동대학원 석·박사과정 졸업(문학박사)
현재 전남대학교 인문대학 국어국문학과 교수
BK21플러스 지역어 기반 문화가치 창출 인재양성 사업단장
한국언어문학회 회장

저역서 『요해단충록(1)~(4)』(보고사, 2019)
　　　『무요부초건주이추왕고소략』(역락, 2018)
　　　『건주기정도기』(보고사, 2017)
　　　『심양왕환일기』(보고사, 2014)
　　　『심양사행일기』(보고사, 2013)
　　　이외 다수의 저역서와 논문

요해단충록 5 遼海丹忠錄 卷五

2019년 6월 28일 초판 1쇄 펴냄

지은이 육인룡
역주자 신해진
펴낸이 김흥국
펴낸곳 도서출판 보고사

책임편집 이경민
표지디자인 손정자

등록 1990년 12월 13일 제6-0429호
주소 경기도 파주시 회동길 337-15 보고사 2층
전화 031-955-9797(대표)
　　　02-922-5120~1(편집), 02-922-2246(영업)
팩스 02-922-6990
메일 kanapub3@naver.com/bogosabooks@naver.com
http://www.bogosabooks.co.kr

ISBN 979-11-5516-917-9 94810
　　　979-11-5516-861-5 (set)
ⓒ 신해진, 2019

정가 18,000원